사람이 사람에게

파란시선 0001 사람이 사람에게

1판 1쇄 펴낸날 2015년 10월 30일
지은이 홍신선
펴낸이 채상우
디자인 최선영
펴낸곳 (주)함께하는 출판 그룹 파란
등록번호 제2015-000068호
등록일자 2015년 9월 15일
주소 (07552) 서울시 강서구 공항대로 59길 80-12, 3층(등촌동)
전화 02-3665-8689
팩스 02-3665-8690
이메일 bookparan2015@hanmail.net

ISBN 979-11-956331-1-1 04810
    979-11-956331-0-4 04810 (세트)

값 10,000원

사람이 사람에게

홍신선 시선집

내 시의 주제는 늘 나였다

이번 시선집은 『삶, 거듭 살아도』(문학예술사, 1982)에 이은 두 번째 선집이다. 그동안 8권의 시집들과 시전집, 연작시집 등을 내면서 선집을 가져 보겠다는 생각은 별로 못 한 셈이다. 그것은 선집이 지난날의 작품들을 나름대로 가려 엮는다는 통념 탓이었을 것이다. 말하자면 과거 작품들을 정리한다는 느낌이 강했던 것이다. 그렇다고 그간의 작품 활동에서 과연 나는 앞으로 나아가기만 했던 것일까?

얼마 전 나는 '시랍(詩臘)'이란 말을 써 봤다. 최근 어느 상받는 자리에서 절집의 '법랍(法臘)'이란 말에 빗대 만들어 써 본 것이다. 시인의 경우도 등단 기간을 세는 말로 괜찮겠다 싶었던 것이다. 그 시랍을 나는 올해로 50세 헤아리게 됐다. 지난 1965년 시단 말석에 얼굴을 내놓은 이래 어느덧 반세기의 세월이 간 것이다. 돌이켜 생각하면 잠시 잠깐 전인 듯한데 시간은 그렇게 가 버린 것이다. T. S. 엘리엇의 시구처럼 이 시선집을 엮기 위해 지난 시간 속을 헤매며 나는 내 정신의 고비고비를 새삼 다시 겪었다. 그리고 대략 70여

편의 작품들을 골랐다. 그것도 품새가 비슷한 작품들끼리 골라 묶었다. 그리고 몇 편은 그 과정에서 어구가 달라졌거나 말이 덧붙은 경우가 있다. 해당 작품의 경우 이 첨삭본이 정전(正典)이 되리라.

　제1부는 미시 담론이긴 하되 내 나름 존재의 의미와 값을 찾아본 시편들이다. 삶의 바람직한 품새는 어떤 것일까, 나날의 삶의 의미는 무엇일까 등등을 생각하고 짚어 본 것. 더러 그 생각은 여행의 형식을 빌리기도 했다. 우리가 삶의 의미를 찾고 그 품새를 성찰하는 일 자체도 일종의 방황이자 여행이 아닐 것인가.

　제2부는 선불교에 심취하며 나름 삶과 세계를 달리 살펴본 작품들이다. 지난 1990년대 초 『선학의 황금시대』를 읽었다. 선불교 전성기인 당송 시대 선사들의 어록과 선사상을 서구식 사유와 논리에 기초해 설명한 이 책에 나는 한동안 침혹했었다. 그 이후로 나는 선사들의 어록과 경전을 손에 쥐는 대로 읽었다. 선에 대한 알음알이에 열중한 셈이다.

거기서 나는 시적 대상을 반상합도(反常合道)식으로 해석하는 법을 익혔고 분별과 집착을 벗기고 세계를 새롭게 성찰하는 작업도 해 보게 되었다.

제3부는 타자를 지향한 젊은 시절의 감정 표출을 주로 한 사랑시들이다. 대부분 사랑의 기쁨보다는 고통을 노래했었다. 그것도 떠나고 헤어지는 노래들이었다. 그러나 그 기쁨과 고통은 사랑이란 동전의 양면이 아닐 것인가.

제4부는 내 나름으로 역사의 굽이를 통과한 기록들이다. 해방 한 해 전에 태어나 나름대로 나는 현대사의 여러 굴곡을 통과해 왔다. 초등학교 시절 6.25전쟁을 겪었고 그 이후 고등학교 시절엔 4.19와 5.16을 지켜봤다. 특히 유신 시절의 정치적 억압은 심약한 나로서도 견디기 힘든 것이었고 결국 한 무렵 좌파 이론서에 몰두해 보기도 했다. 과연 사회변동과 구체제 혁파란 무엇인가를 그 나름 고민한 셈이다. 1990년대 초의 동구권 몰락과 우리 사회의 민주화는 내게도 커다란 심적인 변화를 가져왔다. 그 일단은 앞에 적었던 선불교 쪽으로 침잠해 간 일이었다. 지금 누군가 있어

또 묻는다면 정치적으로는 노장(老莊)의 소국과민(小國寡民)에나 동조한다고 할 터이다. 그만큼 민주화 이후 세속 현실의 추악함과 불확실성에 대한 숱한 좌절은 내 나름의 허무주의로 떨어지고 만 셈이다. 이제 다시 읽는 그 기록들의 황량함이라니…….

제5부는 일상의 이런저런 사연과 정감들을 축으로 한 작품들이다. 말하자면 내 자신과 가족사에 가까운 진술이 주를 이룬 시편들이다. 흔한 말 그대로 사노라면 어찌 사연 한 자락쯤 없을 것인가.

제6부는 지난 1990년대 이후 선불교에 잠심하며 그때그때 쓴 연작시들이다. 이 선집 제2부의 연장선에 놓인 작품이라고 하면 될 터이다.

마지막 제7부는 시 동네에 전입신고를 했던 등단 작품들이다. 기억 속의 빛바랜 기념사진 같다고 하리라. 군이 설명을 하자면 미욱하고 철없던 스무 살 전후의 내 정신 풍경이다.

이제 이 시선집을 계기로 나름 내 정신의 한 매듭을 짓고자 한다. 통념 그대로 이 시선집을 통하여 과거를 되살피고 그 허실을 따져 볼 수 있었기 때문이다. 그리고 보니 내 시의 이제까지의 주제는 언제나 내 자신이었음을 고백하지 않을 수 없다.

2015년 소만(小滿) 절에
지은이

차례

제2부

제3부

제4부

제5부

제1부

가을 맨드라미

1
근본 한미한
선비는 다만 적막할 따름이다

이따금
무료를 간 보느니

2
간 여름내
드높이 간두에 돋우었던 생각의 화염을
속으로 속으로만 낮춰 끄고 있노니

유배 나가듯
병마에 구참(久參)들 하나둘 자리 뜨는
텅 빈
가을날

오래된 미래*

협소한 사무실 창턱에 올려놓은 소형 화분에서
철 그른 채송화 몇 송이 피었다.
세상에나, 아침 해 들면 여전히
꽃은 송이마다 방석 내다 깔 듯
붉고 둥근 몇 닢 그늘 펴서 깔고 훔쳐 낸다
거기 바닥엔 자잘한 새끼 개미나
부스러기 옛 얘기 두어 토막 뒹굴기도 하는데
적막은 서로 무릎 베고 길게 눕기도 하는데
어느덧 마실 길 떠돌던 미세먼지도 슬몃슬몃 끼어들어
오고
흙 속엔 누군가 듣다 내버린 언젯적 귀 한 짝도 터져
있어
끼리끼리 한 집안처럼 편히 둘러앉거나
마을 대동회(大同會)처럼 오순도순 모여 떠들곤 한다.
두 손 모은 채 저 따뜻한 소국과민(小國寡民)**의
압축된 동네 들여다보면서
나도 그만 저 그늘동네에 주민등록 옮겨 가 살까.
이내 그늘 걷고 바늘귀만 한 씨앗 속 이사 갈
두어 송이 꽃 따라 먼 먼 미래 들어가 살까.
소형 화분 늦여름 채송화들 치켜 올린 어깨 너머

20

유리창 밖 바라보니 그곳 원산(遠山) 역시
허리께 기웃기웃대던 구름 행객들
엊그제에다 멀찍이 앉혔는지
새삼 볕살 더 느긋한 새참 때다

●오래된 미래: H. 호지의 책 제목을 빌렸음.
●●소국과민(小國寡民): 노자가 상상한 이상 국가.

누가 주인인가

골동가게의 망가진 폐품 시계들 밖으로
와르르와르르
쏟아져 나와
지금은 제멋대로 가고 있는
시간이여

그런 시간이
인사동 뒷골목 깜깜하게 꺼진 얼굴의
망주석(望柱石)에 모른 척 긴 외줄 금 찌익 긋고 지나가
거나
마음이 목줄 꽉 매어 끌고 가는
뇌졸중 사내의 나사 풀린 내연기관 속으로
숨어들어
재깍 재까각 가다가 서다가 하는

이 느림이 삶의 주인이다
우리의 정품이다

망월리 일몰

두 야윈 손목의 동맥 긋고
앞바다 한가운데 혼절해 네 활개 뻗고 나자빠진
그 잘난 입양녀 노릇도 쫓겨난
오갈 데 없는 안잠자기 신세도 끝장낸
내 누이 같은 해,
이제 둥글디둥근 내면 밖은 도처에 어둠이다
그 몸의 열린 죽음의 하수구에서 쏟아져 나오는
실꾸리만 한 피올들이
아프지 않은 가난과 신음들을
잔물결들 위에
막 화톳불 모양 올려놓는
이 전율의
폐업 직전 정신 영업 한순간.

방파제 끝 밤출어 나가는
멍텅구리 배 한 척이 흐린 식칼로
소리 없이 두 쪽으로 찢어 너는
강화도 망월리 바다.

겨울섬

　대교(大橋)를 건넜다 피난민 몇이 과거를 버린 채 살고
있다.
　마을 밖에는
　동체뿐인 새우젓 배들
　빈 돛대 몇이 겨울 한기에 가까스로
　등 받치고 기다리고.

　물 빠진 갯고랑, 삭은 시간들 삭은 물에 이어져 잠겨
있다.
　일직선, 버려진 마음들로 쌓아 올린 방파제까지
　나문재나물들 줄지어 나가 있다
　뻘에 두발* 내리고 붙어 있는 목에 힘준 저들
　쓸리지 않으면
　개흙으로 삭는 일
　더러 쓸리면
　닻으로 일생 내리는 저들의 일.

　힘 힘 풀어 놓고
　공판장 매표소 횟집들로 선착장에 힘 풀어 놓고
　두어 걸음 비켜서서

24

말채나무 오그라든 두 손에
저보다 큰 겨울 하늘 든 채 있다
사는 일이 사는 일로 투명하게 보이고 있다.

• 두발: 원래는 '두 발'로 '두 다리'라는 뜻이지만 중의법도 가능함.

겨울꽃

1
조부 제삿날 읍내 큰댁으로 들어간다.
텅 빈 막차 안
적막 가볍게 껴입고 눈감으면
굽이굽이 한 굽이씩 덜컹대며 풀려나오는
얼마 남지 않은 앞길이 흐려 있다.
소 없는 우사들이
내 떠돌이 나이만 한 어둠이나 키우는 오지 마을.

2
합문(闔門) 뒤에 바라보는
하늘은 왜 저리 차가운가, 어두운가
긴 꼬리 살에 낀
어둠 한 마리가 울컥울컥 게워 놓는다
몇 무더기
불어 터진 보리 밥알들을
지금도
그곳에선 배곯는 누군가가
기웃거리는가

3
종형들과 종헌하고 소지
그리고 음복한다
탕국에 말없이 밥을 마는 동안
장에서부터 솟아오르는 이 따뜻함은 무엇인가
끊긴 술기운이 술기운들에 이어져
두레상에 우리는 둘러앉았다
읍내 이슥한 거리와 골목에는
숨죽인 인간들이 숨죽여 피워 놓은 수많은 불빛들이
뻘꽃들로 박혀 있다
토박이 북극성을 에워싼 뭇별들이
머리 조아려 공수(拱手)하는
하늘.

냉이꽃

잠풍(潛風)한 구치소 벽돌담 밑
해진 옷의
냉이꽃 몇이
눈도 코도 뭉개진 문둥이 낯바닥을
참혹하게 일그러뜨리고 웃는다.
독방에 수감하고도 넘친
확신범들처럼 운동 나와서는
새삼 하늘땅에 홀려 눈먼 눈으로 두리번두리번 둘러
보는
으, 흐, 흐, 으, 흐, 흐
남몰래 웃는
봄.

그는 누구였는가
내 죽은 뒤 드물게 누가 묻는다면
바로 이런 자.

시월의 숲길에서

하늘은 긴 오후를 두루마기 해 입고 산 변두리쯤 앉게 두고

늙은 오리나무 숲 고사목으로 죽은 나는 누구인가. 똑바로 눕거나 앉지 못하는 성깔 무른 다래덩굴 칡넝쿨이 내 뼈와 마른 살 속에 전세 들어와 있다. 한 덩굴순은 시꺼먼 환한 허무를 넋 놓고 들여다보고 다른 덩굴순은 더 오를 길 잃어 낭패한 얼굴로 멈춰 서 있다.

여름 내내 목 조른 저 증오의 손가락과 노끈들 어느덧 따뜻한 위무의 순과 넝쿨들로 녹슬어 삭는다. 너그럽게 용서하리 시월의 끝에 와 마른 생애들 푸석푸석 떨어지고 그렇다 본의는 아니지만 오래 숨겨 온 내 마음과 네 마음이 외로 휘감기거나 하반신 껴안긴 채 하나로 해탈된 편안함이, 정신의 얼개가 드러난다.

하늘은 새파랗게 산 변두리 배경으로 앉게 두고.

정선 장날

1

도부꾼들 장짐 지고 와 벌인 시장 바닥 좌판에는 곤드
레나물 서너 죽, 백봉령과 황기 뿌리들, 방전된 폐건전지
만 한 헛개나무 껍질의 드문드문 식은 얼굴들, 먹거리 골
목 번철에서 부침질로 타는 식용유 냄새가 한가롭고 맵다.

2

중고짜리 착암기로 폭약 심지 묻고 폭파하고 또 폭파
하고 묻기 몇 십 번인가. 터진 소금강 암벽 틈새에 제 발
등 하나 온전히 못 묻고 구불텅구불텅 노근(露根)들 반공
중에 덜렁댄다. 그 언젠가 남포질 소리도 끊어졌다. 비루
먹은 중개만 한 멸문 직전의 조선솔 그도 나만큼 시간 틈
에 붙어 늙었다.

3

여량 여울목 아우라지 소리는 없고 겉늙은 메아리 몇몇
허공에 쪼그리고 앉아 팥 깍지 까듯 가을볕 툭툭 까 내린
다. 그 쪼그린 궁둥이 밑에는 얼마나 숱한 소리꾼들 헐고
목청 쉬어 묻혔나. 숯무이처럼 잠적했나. 마치 막돌 하나
정점에 얹기 위해 모인 수많은 부석돌들처럼 그 아래 함

구한 채 압살되듯 저 메아리들이 깔고 앉은 밑자리에는.

4
난장 아닌 이 고을 골짜기 어디 있는가.

| 시작 노트 |
사당동패 말석에 끼어 전국을 떠돈 게 햇수로는 30년이 넘는
다. 정선 출신 전윤호 시인을 따라 둘러본 정선은 골골마다 빼
어난 경승들을 펼쳐 놓은 장날 같았다. 그만큼 꽃과 나무, 물
과 바위들이 볼 만한 난장을 이루고 있었다.

첫겨울 비

잠깐 성글게 지나가는 첫겨울 비를
큰길가 버스 정류장 노점 안에서 긋는다.
때마침 입성 그냥 그대로
차가운 빗속을 뛰어가던 중늙은 얼굴이
멈칫 나를 알겠다는 듯 고개 까닥 싱긋 웃고 지나간다.
걸어 국민학교 통학했던 야트막한 둑길과 야산,
강제수용당한 논밭들이
감쪽같이 대단지 아파트와 고층 상가들로 몸 바꾼,
그렇지, 열세 살 적 어려서 떠났던 여기 세거지(世居地)
에 와
모처럼 나를 아는 그 시절 후배 만났군.
그런데 누구더라
저만큼 뛰어가는 그의 생소한 뒤통수에
곧추선 반백의 머리올 몇 유독 성근 빗낱에 더 춥게 젖
는다.
물탕 튀기며 질주하는 자동차들,
네거리 횡단보도에 멈춰 선 낯선 신도시 사람들
그 길 건너 아파트 등 뒤에 걸린
남서쪽 먼 하늘이 이내 번하게 개어 오지만
빗물에 뜬 이 고장 낯설음은

갈수록 불어나 하수구로 콸콸 쏟아지고 빠진다.
실낱만큼도 아니게, 아니 실낱만은 하게
정작 고향은 나를 아는
이름도 기억에 없는
그 중늙은 후배의 입가에나 남았다.

| 시작 노트 |

이따금 상전벽해가 된 고향을 들른다. 떼로 몰려선 고층 아파
트들과 광폭의 도로, 수많은 차량, 거대 반도체 공장 등이 점
령한 동탄 신도시가 그곳이다. 내가 나고 자랐으며 2000년대
이전까지 한 갑자(甲子)를 드나들던 산, 들, 논밭은 씻은 듯 사
라졌다. 내 기억 속에만 저장된 고장이 됐다. 지난날 행정 지
명은 '화성군 동탄면 석우리 16 능안마을'이다.

처서 근방 추전역

1

그것참, 무지렁이 행색의 이 중늙은 산골 아낙들은 벌
써 다리가 아프다 무릎 연골 찢어진 몇몇은 대신 제 몸속
착착 접은 접이의자들 꺼내 옹기종기 모여 앉았다 거개는
골다공증에 휜 다리로 삐그덕대거나 아니면 챙겨 들고 갈
깔개방석만 한 가을 기억 위에 앉은뱅이처럼 주저앉았다

철둑길 산락(散落)한 코스모스들의, 해질녘 허리춤께 와
걸린
저 마지막 타는 백열의 햇살 한 점

나도 이 지구 겉옷에 잠시 얹혔다 날아가는 목숨 한 점
이고 싶다

2

구름 객차 안 손잡이에 매달려 멀미하듯 역한 입 냄새
나 토하는
낯빛 푸르딩딩 질린 고요들도 벌써 다리가 아프다

시간이 항적(航跡)처럼 여러해살이풀들 몸속에 숱한 칼

금 그어 가겠구나

　앞 잇새 휑하니 벌어진 도깨비바늘풀 입안에서 새는 발음들,

　할렐루야 아닌

　날라리야로

　모서리 깨진 자모음들 툭툭 쏟아진다 날선 마른 바늘들 시간에 콕콕 박힌다

　추전역 못 지난 계곡 철교에 수십 년 숨어 사는 짐승이 건널목 퇴역 간수처럼 크르렁크르렁 운다 느리게 통근 열차 지나갈 때마다 깊이 더 깊이 숨었는지 지금껏 겁먹은 소리로 운다

　징집영장 풀려 돌아오는

　내 먼 회상의 등 뒤

　귀화종 풀 마르는 향기 수수억만 평이다

　앉든 서든

　아득하다

백두산

1

누군가 잘 들게 날 벼린 언월도(偃月刀)로 일체를 베어
버렸나, 절정 근방은 팥알만 한 허파나 달랑 가슴 안에 숨
긴 고산이끼들 세상이었다. 허허한 부석(浮石)들 틈에는
잔해처럼 남은 돌꽃이 간밤 독한 고량주에 장기(臟器) 구
석구석 씻었는지 얼굴 샛노랗게 떴다. 일산(日産) 찦차로
오른 천문봉에는 농무와 비바람뿐이었다. 눈귀와 코, 전신
뭉그러진 이 징그러운 문둥이 떼들, 그들 첩첩 방언 속 어
디선가 천지(天池)의 생짜 얼굴 만나 봐야 할 것인데 그러
나 나는 일회용 비옷 속에 최소로 몸만 줄여 감췄다. 이 무
슨 난데없는 권법(勸法)인가, 나는 정상에서 문둥이 떼들,
세찬 폭우들만을 계속 더듬더듬 껴안았다.

2

해발 이천 미터 이하에선 키순으로 사스레나무들이 낮
은 포복을 하며 내려갔다. 아직도 접전 중인가, 허리 굽힌
채 아래로아래로 몰려 내려가며 그들이 점령하는 것은 무
엇인가. 혹한에 맞선 목숨 개간을 얼마나 더 확장하려는
가. 그들 틈에 드물게 사처(私處) 잡은 오리나무, 이깔나무
가 옛 망명 온 북로군정서 요원처럼 지나갔다.

3

너덜길 되짚어 오르면 숱한 은백색 짚뭇들 굴러 내리는
장백폭포 속에 웬 상처 입은 짐승 떼가 구슬프게 신음을
내뱉는다. 산소국(山小菊)이 낙석들 틈에 주둔군 낡은 트럭
에 꽂힌 소형 기폭처럼 허공에 몸을 펄럭인다. 누운 채 가
랑이 벌린 천지 쪽 양 암벽에는 관언(關焉)할 바 없는 하늘
이 턱 고이고 앉았다.

4

여기 왜 왔는가 여기는 어디인가 잃어버린 백두산, 남
의 땅인가. 억센 고립어 음절이 탁탁 튀는 중국 관광객들
긴 줄에 나는 홀섬처럼 떠서 위 내시경 집어넣듯 잇달린
물음들을, 그 분노를 속으로만 꾸역꾸역 밀어 넣는다. 길
섶에는 낯익은 한국종 곰취 몇몇이 밀어 올린 꽃대 끝에
꽃 필 생각을 단단히 감춰 둔 게 보인다.

5

비 지나간 북파산문에 내려와 만난 나의 본적은 얼마나
왜소한가 광활한가.

| 시작 노트 |

동료 교수 몇몇과 생애 처음 백두산 등정을 했다. 그러나 산 정상엔 사나운 비바람과 자욱한 연무뿐이었다. 그때 마음의 정황이란……. 꼭 문둥이에 홀린 기분이었다. 황급히 되내려 선 북파산문 산기슭에는 정상에 있어야 할 햇볕이 거기 모두 내려와 있었다. 햇볕이 그럴 수 없이 청명했다. 백두산 기행 은 그렇게 마음속에 선명히 찍혔다.

제2부

부도(浮屠)

죽으면 어디 강진만 갈밭쯤에나 가서
육괴(肉塊)는 벗어서
시장한 갯지렁이 시궁쥐들의 배 속이나
소문 없이 채워 주고
그래도 남는 것이 있으면
찬 뼈 두 낱 정도로 견디다가
언젠가는
그것도 다아
이름 없는 불개미 떼나 미물들에게
툭툭 털어
벗어 줄 일이지

쇠막대 울 앞
애꿎은 시누대들만 수척한 띠풀들 사이 끌려 나와서
새파랗게 여우눈 맞고 있다.

불사(佛事)를 하는 절에 가서

육(肉)것 좋아하는 제 어미에게
공양키 위해
무논의 개구리들 잡아 올 굵은 꿰미에 꿰어 두었습니다
그것도 펄쩍펄쩍 튀는 손바닥만 한 참개구리들만 잡
아서
논다랑이 으슥한 곳에
감춰 두었다가
그만 무슨 건망증에선가 깜빡 잊었습니다
이듬해 이른 저녁 어스름께
다랑이 무논에 다시 갔더니
소낙비처럼 쏟아지던 개구리 울음소리 대신
적막만이 잔등 번들거리는 은회색 논물로 일렁거렸습
니다
아뿔사
멱 꿴 개구리들이 그때까지 먹먹한 적막을 뼈금뼈금 내
뱉고 있었고
그 사냥꾼은
그 자리에서 마음에다 부처님 새기는 길로 나섰습니다

오늘도 그 절 뒷산의

대소의 오리나무와 상수리나무들이 제가

마음에다 새기고 깎은 부처님들을

만불전처럼 모셔 내놓고 있습니다

감출 것 없이 있는 그대로

이내 빛 부처들을 내놓습니다

무량의 기쁨들을 오월 햇볕들을

다포계 지붕 위에 수수천 장씩 기왓장들로 쌓아 놓고 섰는

그 절 뒷산에……

| 시작 노트 |

숨은 그림 찾듯 '참나'를 깨달으면 부처라고 한다. 분별과 집
착을 끊고 나면 그 '참나'를 만난다고도 한다. 그렇게 깨닫고
보면 세상에 부처 아닌 것이 어디 있겠는가. 그래 세상이 바
로 만불전인 것을.

박운(薄雲)

　벌써 너는
　버림받은 늙은 개처럼 시간 밖에서 허기진 뱃구레를 헐
떡이는가,
　골목 안 쓰레기통 뒤져낸
　마른 사골 뼈다귀들이나 체념들
　힘겹게 핥고 있는가,

　얼굴 없는 후회
　일순 일순을 출력 중인
　서녘 텅 빈 하늘에 또 슬금슬금 나와서는.

석산꽃 필 무렵
—석전(石顚) 큰스님

당목(撞木) 아닌 돌이마…… 돌이마 깨져라
꽝꽝한 하늘 치들이받았는가
머리통 피 칠갑인 채
당년의 고답(高踏)으로 외오서 사시는가
몇 세대 앞서 건너간
그를
상사(相思) 상사 그리며
이 아침도 나는 마음 드르륵 열어젖힌다,

본전(本殿) 비켜 가는 외길목에서
외떡잎 스러진 뒤
손때 결은 주장자 하나씩 달랑 치켜든
두어 명 석산꽃 만나면.

이름이 불당골이라는

이름이 불당골이라는
오래전에 절 뜬
내 시골 마을이기도 한 산골짝엘 갔습니다.
진압복에 방패 든 전경들처럼 쇠뜨기풀들이
무더기무더기 외곽으로 투입된
공터에는
꼭 바늘귀만 한 꽃다지꽃들이나 냉이꽃들이
졸아들고 모지라지다 못해
실낱같은 심지뿐인
노랗고 흰 연등들을
수도 없이 들고나와 인산인해를 이룬 것을 보았습니다.

아니, 미천한 풀꽃들일수록 제각각 대운동장인 마음을
내면에 가만히
닦아 가지고 숨긴 게 보였습니다.
말이 있을 때마다
말보다는 소리 없이 제 뼈에다 금을 긋는
하찮은 돌도
우주도
탐·진·치도

일체가
마음속에 있어서 마음 맨 밑바닥이 훌렁 빠지도록
그 안에서
쿵쾅쿵쾅 뛰어 달리고 뒹구는 것을 보았습니다.

'허허 참
마음이 있으면
너 어디 보여 주려무나'
문득 내려오다 뒤돌아본 하늘엔
섬유가 올올이 삭은 피륙처럼
너덜너덜
고함(喝) 한 폭 펄럭이는 것을 보았습니다.
오래전
혼 뜬 절 한 채
그냥 거기 있는 것을 보았습니다.
칠성각도 대웅전도
죄다 버리고
자유롭게 뜬.

청매(靑梅) 꽃

혹독한 신빙하기의 이상 한파에
(동작 그만!)
청매나무 괴목 대퇴골께 막 제 몸 갈가리 찢던
꽃이 움찔 거기서 멈췄다.
꼭 허공을 파고 짓다 만
허술한 토굴 암자 두엇 같다
이따금 외곽으로만 바람에 업혀 떠다니는 것은 향내
인가
맵고 독한 그러나 목 갈라진 독경 소리인가
머지않아 쉬어! 동작에
생때같은 한 목숨 흩어 보내느라 분주한
꽃의 얼어 터진 안채 금당(金堂), 텅 빈 거기서
결국 나는 들었다
몸 갈가리 찢다 멈춰 선
거기 그때그때가 언제나
뼈 시린 절정의 꽃 시절임을
별일도 아니었던 삶은 이따금 삶은 계란처럼
목이 메일 뿐임을

혹독한 이상 한파가 지나가기를 견딘다

몸이 세상 놓을 때는

긴 가뭄 끝 충주호 갈라 터진 밑바닥을
육괴(肉塊) 헐겁게 끌고 기어가다 서다
자진하는 한 가닥 실오라기 물처럼

늦가을 밤비 소리에 멀리 실리는 기적의 긴 한숨처럼

화선지에 번져 가다 멈추는 덜 갈린 물컹한 먹물처럼

이윽고 처럼과 처럼 틈새에서
생각 훅 불어 끄고
삶에 놀러 온 죽음의 웃음소리나
하릴없이 숨죽여 엿듣는 나처럼

가라.

| 시작 노트 |
나이 든 첫째 징조는 죽음과 자주 얼굴 익히기를 한다는 것.
때때로 죽음을 생각하고 또 생각한다. 가뭄 든 호수 갈라진
바닥을 보다가, 비 오는 밤 멀리 들리는 기적 소리를 듣다가,
붓글씨를 쓰다가 문득 죽음에 대한 생각과 마주한다. 그리곤
얼마나 의연하게 후생으로 건너갈 수 있을까 혼자 묻곤 한다.

여름 장례

긴긴 장맛비 갠 뒤 시멘트 바닥 위에
모처럼 말가웃이나 쌓인 된볕
잘 마른 통장작더미 같은 그 볕들 위에
한갓 흙의 창자*일 뿐인 몸을 가볍게 올려놓았다.
쏘시개에 불도 달리기 전
원근에서 몰려든 불개미 떼들이
약탈한 좌판 물건처럼 둘러싸고
그 한 토막 육괴를 들어내고 있다.
고작 자기 몸피가 새우깡 체절 많은 봉지인 줄
비로소 알았을
여름 한낮의 장엄한 이 화의장(火蟻葬).
다비(茶毗)는커녕 이만하면 됐다고
시작이 있으면 끝이 있는 게 아니냐고
오가는 뭇 것들에 저리 나를 알아서 척척 내주는
날 든 이즘 아파트 뒷길 바닥에
웬 탈장처럼 튀어나와 괴사한 지렁이들.
된볕의 말가웃 통장작더미도
이내 사윈 푸석재로 허물어지면
그 자리는 아무 일 없었던 듯
고스란히 본색의 길바닥으로 되돌아간다.

50

• 흙의 창자: 찰스 다윈이 지렁이를 두고 이른 말.

경주 남산에서

참말, 얼이 들락날락 드나들었다던 굴인가
그래 얼굴인가
그러나 지금은
안면도 표정도 휘발하듯 모두 닳아 없어진
텅텅 빈

할매부처

심혼이 출입하던 생전의 남루한 그녀 얼굴을 닮았는가
왠지 볼수록 영 낯이 익은
고개 짓숙인 채 감실에 들앉아
만기(萬機)를 잊고 자신도 잊고
박제된 시간처럼 잦아들어 말라붙은.

외딴 노지(露地)에는
지금도 부끄러움 없이 희멀건 궁둥이 드러내 놓고
봄볕들
뒤보느라 힘쓰는 소리.

| 시작 노트 |

불교미술을 공부하는 학생들을 따라 둘러본 경주 남산. 골짜기 어디라 할 것 없이 돌부처들이 진좌하고 있었다. 내게는 뜻밖의 충격이었다. 특히 '할매부처'가 그랬다. 늙은 시골 아낙이 천여 년 넘게 감실에 혼자 들앉아 있었다. 이 세계에 부처 아닌 것 어디 있으랴.

오래전 종이로 등(燈) 하나 만들어

오래전에
저도
종이로
등을 하나 만들었습니다.
그랬더니 보오야니 희던 등의 살결에
문득 먹빛 캄캄한
어둠이 와서
배어들고 있었습니다.

불을 붙여 보았습니다.
안 보이는
그을음, 안 보이는 불꽃.
살이 데이는
붙지 않은 불꽃을
동여매어 놓았는데
캄캄한 등에선
가는 빛 하나
우러나지 않았습니다.

그래도 어디에 달까

야윈 떨리는 손의 손가락으로
허공을 자꾸 헤집었습니다.
사십팔대원 한차례 달아 놓은
등은
그 뒤 시나브로 흔들리다 없어졌습니다.

없어져 어디에 있는가
이번엔
무량한 마음 자꾸 헤집었습니다.

없어진 어떤 등은
가난한 이의 가슴에 황금이 되어 박히고
눌리고 고통받는 이
슬픔에 눈먼 사람 눈가로는
한 떨기 미소가 되어 타오르기도 하고

어느 등은
긴 강물에 잠기며 떠가며
꺼질 듯 살아 오르며
시간 중의 형체도 없는

어딘가를
헤매이고 있었습니다.

오늘, 다시 초파일
한 채의 절에 와
등을 만나 보니
안 보이던 백열의 불꽃은 뜨겁고
캄캄하게 배었던
어둠은
새하야니 우리의 하늘빛으로
바래어
밝아 있습니다.

어떤 가야산

시월 중순
쉬임없이 등 밝힌 질경이들
관광객들에게
예사롭게 부서진 등 내보이며 웃는다.
장경각(藏經閣) 판목(板木)의 경(經)은 보이지 않고
그 대신 삭아서 시간이 되어
뚜껑 없는 천 간 공간을
이곳에
비워 놓았다.

소낙비처럼 날리는 느릅나무 잎들이 덮고 있다.
혼자서 살아왔던 일
출근부 작은 칸을 해진 살 기워 가며
비집고 다니던 일
그 일들이
오르고 내려가며
새삼 다시 만나서
손잡고 어깨 안고
이 절 밖에
더러는 지는 잎들의 뒷모습으로 앉아 있기도

더러는
마음 위에 예리한 발소리 그으며
덮고 다니기도…….

가슴 안에 가득히 울린다.
한 획 한 획 새겨 놓은 축소된 일생이
나이 들어 큰 손 속에 덮어 둔
꿈들이
보이지 않고 읽혀지지 않을 때
눈 비벼 바라보리라,
기댈 것 없는 누가
시력 안 좋은 누가
무료하게 글자 없는 공간을 더듬어 읽던
더듬대던 소리가
더 힘 있게 청명한 날씨로
그쳐 있는 것을.

어느 길은 사람들로 하여금 자기에 닿게 하고 아직 자
기에
이르지 못한 것들로 하여금 우왕좌왕 몸 놀려 숨게 하고

어느 길은 피해 가서 등성이로만 올라가 섰고
그 위의 잔광들, 체격 좋은 장정들은
둘러서서 메고 있다,
이 공간에
쉬임없이 침묵으로 와서 부서지고
뒹구는 죽음을
죽음 아닌 더운 삶을.

어떤 가야산.

우연을 점찍다

사창굴이 따로 있는가 아파트 단지 뒷길 화단에
때늦은 쪽방만 한 매화들 몸 활짝 열었다
무슨 내통이라도 하는지 앵벌이 한 마리 절뚝절뚝 한쪽
발 끌며
꽃에서 꽃으로 방에서 방으로 점, 점, 점 찍듯 들렸다
날아간다
날아가다 또 들른다
무저갱 같은 꽃들의 보지 속에서
반출 금지된 자손이라도 비사입(秘私入)하는가
눈먼 거북이가 바다에 떠도는 널빤지 구멍 속으로
모가지 한 번 내미는 것이
목숨 점지되는 인연이라는데*
쪽방촌 성폭행범처럼 점점점 씨를 묻으며 드나드는 저
앵벌이 선택은
인연인가 우연인가
매화들 뭇 가지에서 가건물처럼 철거된 빈자리
곧 거북이 모가지만 한 열매들 불쑥불쑥 내솟고
그즈음 앵벌이는 또 사창굴 여느 꽃의 곪아 터진 몸 찾
아다니며
가장자리 나달나달 핀 종이쪽지 구걸 사연이라도 돌

리는가
  이 꽃의 음호 속에 저 꽃의 치골 위에
  점, 점, 점 우연을 점찍는가

●『잡아함경』 중 「맹구설화」에서.

제3부

그걸 무어라 하나요

그걸 무어라 하나요
불이 뜨거울수록
새카맣게 그슬린 낡은 주전자의 보리찻물이 다 닳아
잦듯이
아픔에
자글자글 잦아지는

그걸 무어라 하나요
누구는 목숨이라고 누구는 아무도 모를 사랑이라고 하
나
잦아진 그 언저리,
문득 달고 쓴 내음새나
빈 공간들로
힘 있게 새겨지며 희어지는

그걸…….

혼자 부르는 이름 하나

늦가을 저문 노래 지고 가다가
바람들이 혈혈단신 갈대에게 벗어 내주는
이 변방 외진 길
혼자서 걷노라면
아, 외워 보고 싶은 까마득한 이름 하나.

나이 늘어 그날의 혀와 입은 왼통 지워지고
나는
쓸쓸한 목숨만으로 외일 뿐이니

사랑했던 사람아
지금 너는 어느 단란한 부엌에서
밥그릇들을 씻어 엎는가
지아비와 잠든 어린것들 곁에서
추억의 싸늘한 독들을 깊이 묻는가
세상과 시간은 갈수록 서늘한 등줄기로
무연총(無緣塚)처럼 사나웁게 주저앉고
이 길가 흔들리는 잡풀들에게는
우수수우수수
누군가의 내버린 귀(耳)들이

저리도 부질없이 많은 것인가

저리도 부질없이 많은 것인가
들어줄 누구도 없이
혼자 외워 보는
까마득한 이름 하나.

| 시작 노트 |

누구에게나 오래 잊히지 않는 사람이 있다. 그것이 친구든 이
성이든 삶에 깊이 각인된 그런 사람이 있다. 바람에 갈대 소
슬하게 날리는 가을 길에 서면 그가 문득 떠오른다. 이 시 읽
는 당신에게도 그런 사람은 있을 것이다.

작은 고통의 노래

내 죽은 뒤
죽어서 무겁던 육괴(肉塊) 다 벗은 뒤에도
내가 너를 사랑하던
마음 하나만은
다시
꺼진 연탄재들 서먹서먹 넋 빼고 쌓여 있는
그때 그 광화문 골목들로
싸락눈 몇이 아픈 몸 마지막으로 깨뜨리던
그때 그 찻집 문턱가로
어슬렁거릴 것이니

네가 부르면
대답하리라
오오냐 오오냐
땅 위 침묵하는 모든 것들로
따금따금 뼈를 끊듯이 애를 끊듯이
대답하리라
안 보이는
환한 꿈과 고통을 살 속에 넣고 사는
북위 37.5도 동경 127도의 서울로나 살아서

나는
대답하리라.

있는 것 사르고

있는 것 사르고 남은 마지막 피도 사르고
오늘은 내게서
한 점 마른 불로 꺼져 가는 그대
나는 이 세상에 한 덩이 사윈 숯검댕으로
남아서 그대를 보내노니

이 악물고 일어서는 불
더러 가늘게 숯검댕에서 두 무릎 떨며 일어서는 가는 불
흔적 없이 비벼 끄고
캄캄한 어둠으로 그대를 잊노니

다만 남은 것은
캄캄한 숯검댕이 캄캄한 죽음으로서
사람의 일을 식히며 그대를
잊는 일이노니.

혼자 가는 길
—R에게

겉껍질 벗기고 이번엔 또 한 겹 한 겹 속껍질들 벗기고
그렇게 마지막까지 벗겨 내도
끝내는 아무것도 나오는 게 없다는 양파인데

같은 지붕 밑 지난 수수십 년을
그 겹겹의 생애를
실한 둥근 양파인 듯 둘이 한뜻으로 벗겨 온,
드디어는 최종 속보늬마저 벗겨 내는
이 끝판에 와서야
차라리 한 과(果) 사리같이 빛나는,
격하게 떠는 오른쪽 수족을 뭇 세월에 내어 준 채
무덤덤 옆 마실 가는 듯
죽음 속으로 혼자 걸어가는,

그렇구나, 저 당당함이 그에게는 시였구나.
그동안 독해하기 어려웠던
내공으로 홀로 다듬고 깎은 고독이구나.

어느덧 아내와도 헤어지는 연습을

어느덧 아내와도 헤어지는 연습을 한다
하루에도 몇 차례씩
마음에서 등을 떼면
척추골 사이로 허전히 빠져나가는
애증의 물 잦는 소리.

아내여
병 깊은 아내여
우리에게 지난 시간은 무엇이었는가
혹은 칠월 하늘 구름섬에 한눈팔고
혹은 쓰린 상처 입고 서로 식은 혀로 핥아 주기
아니다 야윈 등 긁고 이빨로 새치 끊어 주기
그렇게 삶의 질퍽이는 갯고랑에서
긴긴 해를 인내하며 키워 온
가을 푸른 햇볕 속 담홍의 핵과(核果)들로 매달린
그 지난 시간들은
도대체 이름이 무엇이었는가.

성긴 빗발 뿌리다 마는
두 갈래 어느 외진 길에서

정체 모를 흉한처럼 불쑥 나타날

죽음에게

그대와 내가 겸허하게 수락해야 하는 것

그 이름은

사랑인가

어두운 성운 너머 세간 옮긴

삼십 년 전 사글셋방

또 다른 해후의 시작인가.

자운영
—K에게

해남군 토말 부락
마음 끝에 서서 보면
보인다.
다도해 먼 섬들 뒤
은밀하게 조금 더 작은 얼굴 숨기고 있는
그 섬의 후미진 둑길에
오일장날 장꾼들처럼 군데군데 모여서서 흩어져서
핀, 제 기쁨에 넋 놓고 핀
흩생각 자운영꽃들
오전 이른 햇살이 씻겨 주는 환한
그 이맛전들.

오늘 이 투명한 날씨는 누구에게 드리는 사랑인가
누구에게 목매단 그리움인가.

봄날

암나사의 터진 밑구멍 속으로
한 입씩 옴찔옴찔 무는 탱탱한 질 속으로
빈틈없이 삽입해 들어간
숫나사의
성난 살 한 토막

폐품이 된 이앙기에서 쏟아져 나온
나사 한 쌍
외설한 체위 들킨 채 날흙 속에서 그대로 하고 있다
둘레에는
정액 쏟듯 흘린
제비꽃 몇 방울

성인용품점 앞에 서다

벌써 재개발관리처분지구 허가 떨어졌는지
몸 하초(下焦)에는
샷시 문틀 뜯어내고 헌 의자, 고물 냉장고, TV……
샅샅이 끌어내 간 철거 대상 빈집들만 남았다. 그것도
휑한 거웃들 속에 숨었다.
어쩌다 성인용품 앞에서
모형생식기에 수십 벌 등짝 전심전력 밀어 넣어도
젤 바르고 굴신굴신 쑤셔 넣어도
결국 메꾸어지지 않는 것, 꼴리지 않는 것,
'숏 버스' 화면 속 사내의 탱탱한 굴삭기가
흐벅진 자궁 내부 단매에 후려쳐도
화장실 밑바닥 질구들 질척이며 개문(開門)해도
어디로 잠적하고 말았는가
어디에서도 내 핏줄 속 떼로 달리던 짐승들
벌떡벌떡 일어서지 않는다.
하반신으로 처져 내리는 젊음을
대전차 방어벽처럼 떠받치던 힘,
그렇게 지지나간* 시간 동안 육신을 먹여 살려 온 황음이
단지 성인용품 진열대 속의

76

차고 물렁물렁한 인조 실리콘 음경들로
리모델링되는가 육탈하는가.
배꼽 밑 집기와 욕망 모두 끌어내 놓고 보면
삶은
재개발관리처분지구의 텅 빈 가옥
철거 끝난 황무한 공한지일 뿐
시간의 한낱 맛있는 먹이일 뿐.

●지지나간: 강조의 뜻으로 만들어 본 말임.

| 시작 노트 |

늙음을 한탄하는 노래는 많다. 멀리 갈 일도 아니다. 우리 옛
시조만 읽어도 늙음의 노래를 숱하게 만난다. 그 현대적 변용
은 과연 어떤 스타일의 노래가 될까. 나는 그런 리메이크 송
을 하나 만들었다.

광화문 골목길에서

눈 내리고
고개 숙여 광화문 보며 지나간다,
어디 흐린 사무실
불빛에 뚫어진
얼굴 하나
마음에 가뭇없이 눕히며.

어깨와 등을 분별없이 때리는 눈송이들
아픈 주먹 아니고 너무 쉽게 부서지는 아픔들이고
꺼진 연탄재들 서먹서먹 힘 빼고 쌓여 있다
때리듯 내려서 연탄재와 어깨동무하고
눈은 광화문을 만든다
우동집과 골목과 샛길로
사는 일들이 힘 빼고 모여 있고
사소하게 비어 있다.

빙판이 미끄럽게 끼는 저녁
큰길에는 아직도 남은 눈 몇 송이
뒹굴고 넘어졌던 사람 몇이
이곳의 사소함 털고 일어나서 간다

눈과 이 동네가 천천히 헤어지고
고개 숙여 지나가는 나도
사소함이 되어선 그대 마음에서
한번 넘어지고 헤어져 간다.

작별

　돌아서서 뒤통수만 보이고 간 너 안녕 남은 건 예사론
듯 어둠과 머리 떨군 불 몇이 서로 어깨를 껴안고 있는 것,
그리고 쉬 잊는 일 거듭 안녕. 나도 끝나지 않은 묵은 방학
동 일대를 묶어 넣고 등 돌려 걷는다 차라리 곳곳엔 밤이
가득하므로 편안하다 터놓았던 마음 식고 이제 식는 일 같
은 것들이 우리의 살(肉)로 남았다 저 불들, 머리 떨군 낯
뜨거움, 멀어지며 몸 줄이는 단호함 그들도 머지않아 아
무것도 아닌 어둠으로 같이 쓰러지리라 걷다 보면 어쩌다
저 혼자 단독으로 밟히는 얼음, 금 가는 소리로 어둠 속에
나는 숨어 있으리.

제4부

황사 바람 속에서

너와 나에게 젊음은 무엇이었는가

수시로 입안 말라붙던 갈한 욕망은 무엇이었는가

아직도 눈먼 황소들로 몰려와서는 노략질하는 것, 짓대기다 무릎 꿇고 넘어지는 것, 나둥그러지기도 하는 것,

낡은 집 고향의 쓸쓸한 토방에서 내다보는 황사 바람이여

오늘은 너의 자갈 갈리는 목쉰 사투리들이 유난히 거칠다

깨진 벽 틈 속 실낱의 좀날개바퀴 울음은 들리지 않는다

그 소리들은 외침들은 왜 그리 미미한가

쥐오줌 얼룩 든 천정(天井) 반자들이 무안한 듯 과거로 내밀려 앉아 있다

너는 삭막한 하늘 안팎을 뉘우침처럼 갈팡갈팡 들락이는데……

척추 디스크를 앓는 아내와

지방에 내려간 자식은

멀리 네 옷깃에 지워져 보이지 않는다

씨앗에서 막 발 뺀 벽오동나무의 발뿌리에다 거름똥 채워 주고

연탄재 버리고 깊은 낮잠 한 잎.

내일 모레쯤

살 속에 밤톨만 한 멍울을 감춘 박태기나무들이

종기 짜듯 화농한 꽃들을 붉게 짜낼 것이다

나이 늘어 심은 어린 나무들이 한결 처연하다

낙발(落髮)처럼 날리는 센 햇살 몇 올, 저녁 해가 폐광

처럼 비어 있다

운명은 결코 뛰쳐나갈 수 없다는 것

장대높이뛰기로도 시대의 담벽은 넘을 수 없다는 것을

알기까지는

얼마나 오랜 시간이 걸렸는가

그렇게 생각 안채로 들여보내고 하루를 네 귀 맞춰 개어

깔고

무심히 흑백 TV의 풀온●을 당기면 떠오르는 화면,

꼿발 딛고 아득히 넘겨다보는

흐린 화면 너머의 더 흐린 화면 그곳엔 무엇이 있었는가

황사 바람이여 지난 시절 그 4.19 5.16 5.18 속에

누가 장대높이뛰기를 하였는가

나는 어디에 고개 묻고 있었는가

84

비닐 씌운 두둑에 고추모 옮겨 심고 멍석딸기꽃 밑에
마른 짚 깔기
젖먹이 기저귀 갈아 주듯 깔아 주며
언젠가 풋딸기들이 뾰족한 궁둥이로 편히 주저앉을 것
을 생각하는
나날의 이 도(道)와 궁행(躬行)은 얼마나 사소한가 거대
한가

풀 먹여 새옷 입듯이
마음 벗고 껴입는.

●풀온: pull on.

아, 그 나라

그 나라는 맹골 수로에 전복되기 직전 직각 벽으로 기울던 대형 여객선처럼

난파 직전 이른바 고관, 졸부들, 정치꾼, 얼치기 기자들이 혹은 변복(變服)으로 혹은 팬티 차림으로 제일 먼저 빠져나와 도망갔다고 한다.

갑판 밑 선실 방방마다 구명조끼도 못 입은 채 대기하다 가라앉은
영문 모른 뭇 목숨들
머리 좋은 몇몇이나 몰살 중에 살아나왔다고 한다.

그렇게 격류 흐르는 서남단 심층류에 금세기 초 깊이 가라앉은,
거기 켜켜이 썩은 탐욕과 비리 속에 생금(生金)처럼 묻힌
그 어리디어린 미래가
이 시 읽는 당신이 아, 바로 그 나라다.

●머리 좋은 운운: 세월호 선원의 말에서 가져옴.

| 시작 노트 |

나는 세월호 사건을 통해 우리 사회 내부의 부패와 부정, 그리고 무한 탐욕의 실체를 보았다. 그동안 사회의 온갖 비리가 민낯을 드러낸 것이다. 더 무슨 말이 필요하겠는가.

어딘가에 무엇이
—5.18 광주를 보며

어딘가에 서서
말문 막혀서 소스라쳐서
딱딱 입 벌린
것들.

누구는 눈물과 눈물이 몸 껴안고 어울려 탄 모양이라고
누구는 살 깊이 불을 놓고 저 혼자 꺼진 어둠이라고
탄 공기들이 흐릿하게 흘리는 누린내라고
누구는 부끄럽다고
어디라고.

| 시작 노트 |

참혹한 역사의 현장 앞에 서면 일단 말문이 막힌다. 6.25 한
국전쟁이 그랬고 4.19, 5.16, 5.18이 그랬다. 역사의 거대한
수레바퀴에 깔린 개인이 그 무게와 충격을 글로 표현하기란
지난할 수밖에 없는 일 아닌가. 시간에서 얼마간 비켜나 내가
생산한 시적 담론이란 고작 이런 것이었다.

추석날

추석엔 다 내려왔다 어디선가 기별도 없이 못 오는 아우
오는 길도 기다림도 모두 치우고
고만고만 쭈그리고 앉아 우리는 큰방에서 차례를 기
다렸다.
눈이 작아 겁이 없던 아우를
깊은 어둠 속에 잘 숨던 그를
이야기하고 불편하나 한결같은 오와 열에, 한결같은 무
언(無言)에
키 맞추고 있는 이 고장 논들도 이야기하고.

마루에는 종가의 늙은 형이 제상을 보고 있다
깎아서 문중처럼 괴인 사과, 배, 감, 식혜, 산적……
우리는 개기(開器)에 앞서 서로의 형편 갈라서
시저 구르고 엎드렸다
숙이면 들리지 않는, 왠지 과거뿐인 큰절.
축(祝)을 읽고
아헌과 종헌을 끝냈다.

마당가의 대추나무가
까치집 하나로

가슴이 다 헐려 있다
잘 살겠다던, 외장(外場)으로나 떠돌던 젊은 날도
허옇게 마른 벼이삭 몇으로 꺾이고
사촌 형들은
바짝바짝 집 쪽으로만 등 들이미는 텃논들로
뜻 없음을 만들어 살고 있다.

음복술에 취해 우리는 산을
가까운 선산을 돌았다
성미 빠른 밤나무들이 아랫도리를 벗어던진 채 있었다
그 나무들 사이 밤가시에 찔린 공기들이
딱딱 입 벌린 채 소리 없이 소리 지르고 있다.
(기침해 발소리 좀 울려 너무 무기력뿐이야)

산소 몇 군데
남양홍공지묘(南陽洪公之墓)로
편안하게 끝이 나 있는 이들
얼마를 더 걸어가야 끝이 나는가
떠돌던 가이없음, 떠돌던 비겁함이
끝나서 이렇게 임야 몇 평으로 돌아오는가

돌아오며
우리는 떠날 일을 생각했다
낮 세 시 차에 수원의 형이
출가한 누이가 떠났다
동네 하늘을 제 몫으로 나누어 가지고
떠도는 말잠자리들
추석이었다.

수원 지방

비여
말없이 번쩍이는 회초리들을 들고
저 앞들을 만들며 서 있다.
가래질 논과 보리밭들
이름 없는 나의 잔등을 비비고 가는 비
오늘은 맞지 않아도 아픈 잔등으로
뒹구는
이 수원 지방을 데리고 나는 누워 있다.

스쳐서 가는
비명 소리만이 들리지 않고 보인다.
빗속에 사람 모양으로 히뜩히뜩 누비며 뛰는
그 소리들이, 소리의 쓰러짐이 보이고
너무 많이 가둥그리지 않은
비탄이 아득하게 흐트러져 있다.

버린 진실도 허튼 말도
가볍게 썩지 않고
두엄 논에 흐르는 빗물에 떠다니고 있다.
허튼 말과 흐르는 도랑물의

무심한 만남이
오늘 이 큰 수원 지방을 이루고 있다.

불볕

멋대로 하세요 더욱 나를 버리세요
길뚝의 야윈 방가치풀 토끼풀 삑삑이풀들이
눈 내리깔고 소리를 죽인다.
등을 내어 주고
불볕들에게 허리와 궁둥이
겨드랑이
죄다 들어내 주고 풀들이 소리 죽인다
밋밋하게 등 구부려
모랫둑에서
뜨거운 손으로 불볕들은 더듬는다
마음 부릅뜨고 거듭 죽인 소리까지 더듬는다
더듬는 손끝에도 묻어나지 않는
저 죽인 소리 거듭 죽인 슬픔만이
우리들 거예요 더듬으세요
서로 서로의 등에 숨어
코 부비는 풀들, 소리 죽이고

| 시작 노트 |

지난 1970년대 말쯤 나는 알레고리가 문제적 현실을 담아내는 데 썩 편리하다는 걸 깨달았다. 반면 정면 돌파의 목소리 큰 현실 비판이 왜 공허한가를 곰곰 생각했다. 억압이 불볕처럼 혹심할수록 잡풀은 더 강인한 생명력을 불태운다.

내기 장기

장야, 장 받어
제초제 뿌리듯
차 대고 싹 쓸어버릴 거야

큰 말들 설칠 때는 판면에 바싹 웅크리기 졸(卒)과 졸(卒)
들 궁둥이께에 힘 빼고 꼼짝 안 하기, 포(包)가 몇 번 넘어
다니고 태평로(太平路) 넘어 다니고 몇 번 입 벌려 울고 차
포로 싹 쓰는 동안 작은 말들 겅충거려 뛰고 숨다 잡히고
작은 풀잎일수록 경계선에 엎드려 비는군
쉽게 살기가 더, 더욱 어렵구나

저, 저 한(漢)나라 죽어
상(象)으로 마(馬) 먹고 궁(宮) 틀고 사(士) 박고
그렇지
제 앞길만 내다보면 되나 상대도 봐야지
상대는 안 보구

죽은 장기짝만 과거만 쥐고
달싹대지 말고
아, 장 받어야지

참회록

지나가거라, 나는 여기 아프지 않게 주저앉아 남으려 하느니
다만 늙고 병들었을 뿐이니
지나가거라. 남은 시간들은
퇴역한 무용수처럼 한 벌씩 목숨 벗어던지며 자진하리니
아직도 손으로 더듬더듬 짚어 가면 삭이지 못한 살피죽 밑 멍울 선 죄들 만져지느니
지나가거라
언제 나를 던져 피투성이로 너인들 껴안고 뒹굴었느냐 폭발한 적 있느냐
안전선 뒤에 남 먼저 뒷걸음질로 물러서지 않았느냐*
그렇다 잘 가거라
살아서 더는 만날 수 없는 마음의 덧없음에 살 떨릴 뿐
오, 말 탄 자여

*고(故) 임영조의 시 가운데서 가져옴.

사람이 사람에게

2월의 덕소(德沼) 근처에서
보았다 기슭으로 숨은 얼음과
햇볕들이 고픈 배를 마주 껴안고
보는 이 없다고
녹여 주며 같이 녹으며
얼다가
하나로 누런 잔등 하나로 잠기어
가라앉는 걸
입 닥치고 강 가운데서 빠져
죽는 걸

외돌토리 나뉘인 갈대들이
언저리를 둘러쳐서
그걸
외면하고 막아 주는
한가운데서
보았다
강물이 묵묵히 넓어지는 걸

사람이 사람에게 위안인 걸.

시인의 초상
—굴원(屈原)에게

　동네 이면도로 움푹 팬 웅덩이 빗물에
　웬 자동차 엔진 기름 한 방울
　누가 유실한 수급(首級)처럼 달랑 목 위만 내놓은 채 떴
다.
　둘레의 곁물 튕겨 내 가며
　둥글게 안으로 안으로만 몸통 똘똘 말고
　무릎 껴안은 그는
　쉽게 저를 해체하거나
　그 무엇에도 함부로 뒤섞이지 않는다.
　다만 몇 됫박 햇볕에
　갓 지은 절처럼
　살 깊이 내장된 휘황한 단청들을 내보일 뿐.

　그런 기름 한 방울 만드느라
　제 삶을 오로지 탕진했던 사람이 있다.

그날이 오면

세종대로 뜨막한 뒷길 몇몇 젊은 치들 몰려서서
통일 운운 시위하는 거 거기서 그럴 일 아니다
휴전선* 박봉우(朴鳳宇)도 북의 고향** 전봉건(全鳳健)도
이따금 출몰하는
망배단 근처 임진강이나
그 위 하늘 어디쯤 가거라
곤두박히든 치오르든
비상 출동하듯 가서 거북이 또는 철새처럼
시린 등짝 시리지 않게 내놓고 엎드려
긴 징검다리 놓아라
자기 삶으로 가르치는 게 가장 큰 시위이고 서원(誓願)
이란다
그렇게 누구나 듬성듬성 노둣돌로 엎드려
남북의
이 사내 저 아낙 밟고 오가게 하라

그날이,
그날이 오면.***

*『휴전선』: 전후 처음 휴전선을 시화(詩化)한 박봉우 시인의 시집.
**『북의 고향』: 실향민 전봉건 시인의 시집.
***그날이 오면: 심훈의 시에서 가져옴.

제5부

자목련 꽃 피다

등걸잠인가 끌려 나온 취객 몇 놈
허공에 붕괴된 정신처럼 나자빠져 있다.

봄철도 파장 무렵인데

무엇에 저리 대취했는가,

가끔 우리도 살 갈래갈래 찢기고 생뼈 튀어나오는
그 외로움에 취할 때 있지.

자화상을 위하여

그는 혼자 제 등짝에 채찍질을 가한다
일몰과 땅거미 직전
박모의 때에 그는 남몰래 황금 채찍을 꺼내 휘두르고는
한다.
사정없이 옥죄어 오는 서너 가닥 새삼기생덩굴풀로
등이나 종아리를 철썩철썩 내려치며
동통을 온몸의 감각으로 수납하며
그가 이 시간 뒤늦게 지피려는 것은
감각의 잉걸불인가 어느 훗세상의 정신인가
한 시절 그의 혼은 가열하게 맑아서
위경(僞經) 같은 별들에 가서 진위를 뒤지듯 말곳거리
거나
살의 죄목들을 읽으려는 듯 조도 높은 줄등들을 내걸
었다.
이제 치켜들린 그의 겨드랑이께
휑한 초라한 허공이 흉갑처럼 입혀져 있고
힘겹게 마음에서 풀어 준 숱한 말의 새끼 새들
고작 그의 우듬지께 가서 처박혀 있다.
매일 그는 그 시간에
등판에 허벅지에 동통을 내리찍으며

시간들이 쉴 새 없이 치고 넘어간

으깨진 시신들처럼

욕망의 설마른 바늘잎들을 떨구고 섰다,

벗어 놓으면 언젠가 다시 짊어질

조막손만 한 적요들을.

혼신의 기를 모아 서서

장좌불와(長坐不臥)로 기대어 자며 깨며

생각의 새로운 수태를 기다리는

이 세속에서의 실성실성하는 숨은 어디쯤서 끝나는가

노란 새삼기생덩굴풀로 현수포를 쓴 지빵나무

고사목 한 그루,

중세 고행자같이 제 몸과 마음을 치다가 쉬다가

졸다가 깨다가……

늦여름 오후에

오랜만에 장마전선 물러나고 작달비들 멎고
늦여름 말매미 몇이 막 제재소 전기 톱날로
둥근 오후 몇 토막을 켜 나간다.
마침 몸피 큰 회화나무들
선들바람 편에나 실려 보낼 것인지
제 생각의 속잎들 피워서는
고만고만한 고리짝처럼 묶는
집 밖 남새밭에 나와
나는 보았다, 방동사니풀과 전에 보지 못한 유출된 토
사 사이로
새롭게 터져 흐르는 건수(乾水) 투명한 도랑 줄기를.
지난 한 세기의 담론들과 이데올로기 잔재들을 폭파하
듯 쓸어 묻고는
천지팔황 망망하게
그러나 자유롭게 집중된 힘으로 넘쳐흐르는
마음 위 깊이 팬 생각 한줄기 같은
물길이여
그렇게 반생애 살고도 앎의 높낮은 뭇 담장들 뜯어 치
우고는
범람해 흐르는 개굴청 하나를 새로 마련치 못했으니

다만 느리게 팔월을 흐르는 나여
꼴깍꼴깍 먹은 물 토악질한
닭의장풀꽃이
냄새 기막힌 비누칠로 옥빛 알몸 내놓고 목물 끼얹는
이 풍경의 먼 뒤꼍에는
두께 얇은 통판들로 초저녁 그늘 툭툭 쌓이는 소리.

죽음놀이

밤새워 낚은 잡고기들 다시 놓아준다
중환자실인 양 밑바닥에 죽은 듯 엎드렸던 참붕어나
배때기 뒤집고 혼절해 뜬 몇몇 누치들
비실비실 빠져나간다
올 밴 어망이 목숨 가지고 놀던 그 손아귀를 힘껏 열어
주었다.
놀이판에서는 부가가치 큰 목숨놀이가 제일이라고 했나
대안병원에 일단 입감하면
결국 죽어서야 풀려난다는데
다섯 칸짜리 낚싯대 접으며 나는 수금했던
잡어들 공으로 쉽게 풀어 준다.
드넓은 수면에는 새벽이 희부연 등짝을 엎어 놓고 떠
올라 있다
막 풀려난 저 씨알 굵은 한 밤 동안의 노역 몇 수,
갓 봉사 나온 호스피스같이
헐뜯긴 상처 침칠로 쓰윽쓰윽 핥아 주는 물결들에게서
통증 식히고 있거나
결리고 쓰린 몸 안에서 시간의 장독 뽑아내는 일
잠깐이리라
놀이 가운데 가장 판 큰 놀이는

죽음 안에 번데기만 한 뼛골로 누워 영겁을 데리고 노는
일
　머지않아 누군가 출구를 열어 이곳의 모든 시간들
　죽음 안으로 사납게 몰아넣으리라.
　후미진 무료 낚시터
　찍어 먹고 난 초장과 라면 찌꺼기 흩어진,
　다음 몇 수 조과를 위해 비워 놓은
　여기 좌대에는
　대낮 동안 누가 또 내려와 죽음놀이 놀 것인가

아버지

정신과 병동 복도 끝
면회실에 마주 앉았다.
분별과 지남력이 바닥난,
겨우내 다 파먹은 김칫독처럼
오관 떼던 화투장 팔공산 껍데기 희부연 공백처럼
그는 내면을 지우고 있다
뇌 수축중인 대뇌의 신경 논에
아리셉트*의 미세한 분말들이 깜박 봄 불처럼 생각을
태우는가
빈 독 속을 희부연 공백 속을
메아리처럼 울리며 돌아 올라오는 목소리
살 만큼 나는 살았다 내일이라도 간들 대수냐
남은 너희들이 걱정이다
쇠창살 덧대인
창밖 하늘에는 난데없이 늦은 눈 몇이 떴다.
얇은 구름이, 이 나간 잇몸으로 힘겹게 씹던
무른 빵처럼 떠 있고
왕방산** 뒤통수를 치고 내리는
부스러기 잔눈들
을 저 밑 계곡 근육질의 마른 체구만 남은

나무들이 앙상한 두 어깨로 받아 내고 있다.
쉴 새 없이 세찬 고통을
샤워하듯 벗은 등짝으로 맞고 섰는 그들을
유심히 보면
모두 자기 왼 삶을 힘겹게 지고 이고 있다.
그 속에 수척한 늙은 아버지가
넘어지기 전 아름드리 고사목처럼
내게 지고 갈 세상을 얹어 주고 있는

어떤 동두천.

●아리셉트: 치매 증세 완화 약품 이름.
●●왕방산: 경기도 동두천 인근에 있는 산.

| 시작 노트 |

선친은 마지막 10년을 치매로 고생하시다 갔다. 교통사고로
뇌수종을 앓던 그 위에 알콜성 치매까지 겹쳤다. 병세가 심해
한동안 동두천 정신병원에 입원을 해야 했다. 주말 선친을 면
회했던 일이 결국 이 시의 밑그림이 되었다.

매화

뒷방 벽에 똥이나 척척 이겨 바르듯
제 몸 엉덩이나 바짓가랭이에
얼어 터진 꽃 몇 방울
민망하게 묻히고 선

치의(緇衣)마저 나달나달해진 오 척 단구의
매화 등걸
그동안 몸으로 꽃 열더니
이제는 똥칠인 듯 항문으로 여는가

모처럼 아파트 담벽에 해바라기하고 선
그에게서
이념의 마비에서 풀린 송장을 발견한다
가진 것 없을수록 사람이 얼마나 고강해지는가를 발
견한다

머지않아 앞산들
물렁뼈 닳은 무릎걸음으로 다가앉기 시작하리라
응결된 내상들 화농해 쏟아져 나오듯
나날이 녹음들 쏟으리라

하필 임금의 변기를 왜 '매화틀'이라고 했을까. 고목이 된 매화나무에서 나는 그런 상상을 작동해 본다. 인간도 나무도 늙음에는 별 차이가 있을 수 없는 것 같다.

큰 눈 떼들 옆의 어린 눈같이

섣달 그믐날
고향 집 하늘에서 보았다
어린 눈이 큰 눈 떼들 옆에서
잠시는 앞질러 뛰고 달리고
잠시는 다시
어미 눈 곁으로 멈칫멈칫 되돌아오기도 하는

그러다 바람을 달리는 말로서 타고
천공 한복판 까마득하게 수직으로 치솟거나
장독대 장항아리 궁둥이 뒤로 슬몃 숨는,
젊음은 그렇게 거친 몸부림임을
세상은 저 분란(紛亂)으로 떠도는
거친 눈들의 것임을.

언제나 올 한 해는
내 늙음의 예지,
혹은 마음 반죽으로 원숙을 다듬어 빚는 일도 잠시 쉬고
어린 눈아
이 나라 시공 속에 길길이 박힌 한기 속에서
너희들과

어깨 함께 부딪치며
뜨거운 등을 함께 나누며 맞기대어 새롭게 뛸리
젊음의 분방과 열정으로
세계 속을 달려서
뛸리

소한(小寒) 무렵

팔달산 밑 외채 농가형 단층집 시멘트 담 밑에
종신(終身)이라도 보러 온 듯 눌러앉아
시든
쑥부쟁이꽃

여태껏 그 무슨 말 못 할 우환에
속 태웠는지
저 모르는 사이 남들에게 걸림돌 되지는
않았었는지
웬 숱한 낙심(落心)들로
저리 얼굴 푸르딩딩 질린 사색(死色)인가

등 뒤에 얹힌
수천 톤 급 폐함 같은 폭삭 삭은
하늘이
치매 앓아 왼갖 일 까맣게 잊은 듯
잡생각 없는 단색으로 투명하다

아버지 가신 날.

겨울 절창

갈색에 우윳빛 섞인
묽은 혼색의 조그만 입들 쩍쩍 벌린
갓 앉은 새끼 새들이 갑자기 시끌벅적하다.
(웬 떼창? 혹은 수다?)
간 겨우내 묵언, 묵언…… 목 너머로 수없이 발성들 눌러
쟁였을
막 파열된 저 돌출형 입들.
그리곤 그 새끼들 앞에서 힘껏 날개 홰치며
마치 새 어미처럼 온몸을 뒤틀어 올리는,
제 깊은 마음 한가운데에서 끄응 된힘 한번 돋궈 올리는
오, 황홀한 꽃자루의 외골수 막춤 한판.
평소 성근 잎들 앞으로 뒤로 꼬물꼬물 기던
햇볕들도 덩달아 신명 난 듯
숨죽여 이 아침 볼륨 줄인 춤판에 와 조명을 떨군다.
아니 스폿 조명을 둥글게 투광(投光)하고 있다,
비좁은 아파트 베란다 화분들 틈에 방치된
빈사의 세엽(細葉)형 한란(寒蘭)이 일경(一莖) 구화(九花)로
긴 꽃대에 켜 든
저 살의 절창들을.

시인 운보, 모년 모일

손가락 끝이나 터치펜에
웬 경전이 돌돌 두루마리로 말려 들어가 있는지
지하철 계단 오르며 큰길 횡단보도 건너며
엄지나 펜으로
정신없이 열고 접속하는 저 스마트폰 앱의
제 넋을 쏟아붓는 그 액정 화면은
무슨 경전?
이 골목 저 골목 1톤 트럭 몰고 다니며
확성기 녹음 틀어 중고 냉장고나 컴퓨터, 세탁기 헐값에
사들이듯
떨이로 어느 교주가 뭇 영혼들을 사들였나
아니면 저들 해골에도 드디어 스팸처럼
지천(至賤)이 된 무슨 경통(經筒)이 밀고 들어와 독과점한
걸까.

손바닥에 쥔 늦가을 허공에다 덩달아 문자 찍어 대는
버즘나무들 줄 선 큰길에 나서면서
이즘의 신흥 엄지교(敎) 좀비들 뒤를 따라가면서
(남의 앞은 막지 말아야……)
나는 하릴없이 손가락으로

내 경전인 왕짜증이나 혼자 지웠다 열었다……

산꿩 소리

누가 죽어서
저 들판의 대머리 빗기며
묵묵히
공허가 되어 와 섰느냐

이제 이 세상에서
자네의 꿈은
저 들보리밭에 우는 산꿩 소리에나
남아서
꿔구엉 꿔구엉
제 속을 제 속의 멍을
속속들이 다 뒤집어
허공에 허옇게 주느니

허공에 허옇게 들린
산꿩 소리나
받아 들고
누가 묵묵히 공허가 되어 와 섰느냐.

유적

생수통 남은 물을 덜컥 쏟았다.
두개골부터 확실하게 깨고
물은
옥쇄하듯 뒤이어 곤두박히는
하반신도 남김없이 산산조각으로 깨어 없애더니
이내 비실비실 잦았다.
메마른 콘크리트 바닥을
등밀이로 기어가다가 몸 뒤집어 낮은
포복으로 먹어 나가다 숨었다.

그러나 보라
제도가 아닌 마음속에 유토피아가 슬래브를 치고 있
다는 걸
붕괴된 유적들로 그렇게 웅장하게 파헤쳐 놓은
물을
그 내막을.

여름, 책 읽다

지줏대에
어린 오이 덩굴 쥐암 쥔 손을
펴서 걸쳐 주고
문수 없는 쬐그만 발도 가볍게 받쳐서 올려 준다.
올려 주는 대로 올라간 경량급(輕量級)들 밑에는
올라가지 않고
한사코 바닥권에 주저앉은,
조금 더 경량급인 안면을 빼어
제 가랑이 사이로 빤히 내다보는,
반 다문 입속에 옹아리만 가득 물고
옹알옹알
옹알옹알
옹알거리는
암꽃도 하나.

당연한 것들 가운데 당연하지 않게
저 혼자 삐끗
몸 뒤틀어 나온
읽다 만 한비자(韓非子) 한 줄이 푸르다.

제6부

마음經 9

1
시골집 문창(門窓)에 와서
사륵사륵 귀 속이던
싸락눈 숨 끊듯
멎고
저물녘에야 환히 날 들었다.
내 해골 속
부서진 회로들 엉킨 생각의 올들
일일이 드러나

(이제 살았다)
슬며시 나에게서 나 하나 내쫓기는 소리

2
혀 없는 개울물 소리
가까스로
말 만들어
돌아서 나가는
구름 절벽 끝

성벽 보초병처럼 창검 빗겨 든
잔광들이 삼엄하다

3
낡은 마을
설거지 끝낸 집들은
온종일 나가 떠돌던 축생(畜生)들
워어리 워어리 불러들이고
눌은밥 주고
대문 지치고 돌아선
내 등짝
가벼이 가벼이 치는
아직도 잰걸음으로 울며 떠다니는
안면마다 밝기 최대한 올리고 떠다니는
싸락눈

집 버리고 천지를 온통 제 방 안으로 차지한.

마음經 13

아들이 죽은 뒤
홀어머니는 절에 다니기 시작했다.

텅 빈 내부가 무시로 털썩털썩 떨어져 내리는
대문 닫힌 집에는
저 혼자 섬돌 가로 주저앉은
핏기 얇은 입술 꼭꼭 다문 채송화의
검은 씨앗들 속에 핵이, 뇌만 한 무덤들이
차오르느라 부산한 소리

투명한 가을볕 속의
누군가 오랫동안 은밀히 마련해 온 이별 같은
먼 독경.

| 시작 노트 |

뜻하지 않은 교통사고로 동생이 먼저 갔다. 그 충격을 이기
지 못한 어머니가 절에 다니기 시작했다. 나는 그해 가을의
고향 집 정경을 마음 깊숙한 곳에 찍어 두었다. 그 사진이다.

마음經 38

   소태맛은 소태나무 둥근 나이테 안에 태아처럼 웅크
렸다
   그러고 보면 뭇 나무들 만삭이어서 모두 안정 취하고
섰다
   가끔씩 어미그루 하복부에
   무슨 욕망이 발길질하며 노는지
   나무들 진저리 치듯 몸 흔든다
   그들에게 있는 것은 시간뿐
   아직은 서가에서 등표지 해진 책 뽑듯
   투명한 시간들 뽑아서
   읽거나 덮어 두거나 하지만
   저 식물 내부에서 은밀히 폭발하는 동물들,
   누가 방목하듯 모는지
   두, 두, 두, 떼로 달리는 목숨의 발굽 소리……

   봄 숲은 현장 보존 잘한 피 튀기는 종축장인가.

마음經 43

유마 힐이 그토록 귀의하려 한 대중들 누구누구인가.

목멱산 순환로에는
안력 모두 쏟아 버린 시각장애인과
간 겨울 고사한 풀 자리마다 용수철처럼 튀어나온 움
싹과
연일 과로에 입 불어 터진 벚꽃,
탁발 내보낸 듯
길가에 등짝만 내놓고 엎드린
암석……

맨 얼굴 면면들을 봄볕 속에 환하게 내놓고 있다.
경전의 대문(大文)인지 견고딕체 돋을새김들이
띄엄띄엄 헐겁게 떴다.

| 시작 노트 |

이기영(李箕永) 선생의 『유마경 강의』를 읽다 한순간 나는 눈
을 크게 떴다. 삼귀의(三歸依) 가운데 귀의승을 '스님 아닌 중
생에 귀의한다'로 해석한 대목이 그것이다. 그러면 그렇지. 그
해석을 그대로 시로 만들어 보았다.

마음經 45

어느 때는 처마 끝 녹슨 풍경 안에 은신한 청동물고기로
후, 다, 닥 뛰어 올랐다가 잠적하는

어느 때는 엉뚱하게 도청 길 바쁘게 날리는 늙은 벚나무
낙화들 틈새
잠깐 뒷모습 두었다가 잠적하는

그렇게 잠적에서 잠적으로
뭇 현상들의 뒷길로만 경공술로 나는 듯 자취 없이 달
리는
천만 길 깊숙한 잠행이여

텅 빈 허공에서도
그립다 마음 쏟으면 불쑥 나타나 보이는
보이다 불쑥 안 보이는
누군가의 가뭇없는 발자국 소리

시작도 끝도 없이 흐르고 흐르는 바람이여
인연이여.

마음經 46

시상대(屍床臺)로나 쓰려고 간수해 온
구옥(舊屋) 마루에서 뜯겨 나온
박송 한 쪽,
벌써 다섯 자 두 푼 살과 뼈는 부식되고 녹아서
다만 발굴된 미라처럼 한 매듭 옹이로만 살아남았다.
이것도 조선소나무의
생존경쟁 방식인가
깊이 감아 둔
제일 긴 결은 꼭 풀어내야 한다는 듯
겹겹이 안으로만 둥글게 두 무릎 감싸 안듯
결 쫓아 들어간 옹이.
살아서 받은 것 모조리 되돌려주고
잔해마저 없어진 다음에야
가장 늦게 출현한

이 선연한 본색.

마음經 47

북천(北川) 골골마다 묻힌
녹 안 낀 실어증들 남김없이 훑어 냈는지
통째 생나무 토막만 한
몇 십 몇 백 둥근 물기둥들 밤새워
문답놀이인지 숨바꼭질인지
얼크러설크러지며 왁자지껄 떠내려갔다
때 아니게 그렇게
가을장마 며칠에
만 리 물길 모조리 패어 나간 자리
자갈 틈에 난데없이 와 걸린
신원 불상의 한 뿌리 갯개미취꽃,
살아 있다는 것이 얼마나 장엄한지
날강날강 해진 속팬티 차림인 채
목젖 없는 입으로 등짝 오그리고 끅끅거린다

낙락송 솔밭 너머 오랜만에 햇볕 든
만해마을이
한결 으늑하다.

마음經 53

더러 허리 구부리고 섰는
더러 구걸하러 땅 갗에 납작 엎드린
고산식물 자치구
소수민족 같은 것들
그날 오전에만도 운무는
저들의 왜소한 등짝이나 낯바닥을 사정없이 밟고 넘어
갔다
손 뻗어 올이 해진
원주민 홑바지 속 들춰 보면
뱃구레께 감춰 둔 불알만 한 병꽃들
줄줄이 끌려 나오고……
오, 여기서도 내면 깊이 서로 내왕하는 토굴 길 한 가닥
이여

사람에게서 사람으로 건너가는 은밀한
통로도
그렇게
깔때기 모양 꽃 속에 열려 있는
함백산 정상.

황동규 선생을 모시고 전윤호 시인과 정선 여행을 했다. 그때 함백산을 올랐다. 정상 부근은 수목이 못 자라는 민둥산 형상 이었다. 거기서 나는 병꽃을 만났다. 넝쿨 줄기 밑에 숨은 불 알만 한 병꽃들을.

마음經 58

도솔암 길 날빛 투명한 여느 꼭두새벽
상수리나무 노랗게 젖은 첩첩 가을 잎새들 속에서
탈옥하듯
제 스스로 꼭지가 물러
툭!
떨어지는 상수리
한 알

단단히 안으로 안으로만
햇볕과 바람 들여논
그동안 집념이 둥글게 익어

만 톤 거함(巨艦) 이 골짜기 고요를 사정없이 박살낸다.
작은 것이 얼마나 큰 것인지를
이 고요 얼마나 깊고 먹먹한지를
외마디 뇌진탕이
보여 준다.

내원궁* 오르는 시멘트 계단 옆
늦 깬 산죽(山竹)이 주섬주섬 나와 앉아

실눈 아래로만 뜨고
궁 밑 에움길 가로 건너는 이 시각 미물들
혹 밟는 자 있는지 없는지
두리번거릴 뿐,

나는 빈 적막을 다시 가파르게 오르기 시작한다.

●내원궁: 선운사 도솔암에 있는 암자.

마음經 60

첩첩이 모여 놀던 저녁 구름들 뿔뿔이 흩어져 제 집 돌
아간다.
성근 빗낱에 씻긴
먼 산 뒤통수
환한 쪽빛 속에 둥글둥글 돌출했구나.

마음 밖인가 마음 안인가
내 가고 난 뒤 여느 때 역시 저와 같으리.

제7부

희랍인의 피리

1
그리하여 나의 많은 것들은
부신 은하의 푸름이 닿는
열두 궁기 그 허리 여섯 번 언저리를
물굽이여.
너의 화음으로 기어 돌아 흐르고
출렁이는가.

2
날빛 은광들이 바늘만 한 길이로
아침을 재어 나르는 나의 식탁에서
정원의 분수가 길어 올리는 음악에서
어느 수평의 너머 아래 놓인
미지의 폭풍을 부르고 홈 가는
내 사유의 손금들

한 단씩 놓아 오는 구름의 층층대에서
노래는 확성하여
기어오르며
바람은 지목한다 나의 좌석을

놓아 보낸 풍선 위에
부정한 웃음들은
원색으로 불붙어 오르는데

가차이 앉은 나무들의 발설은
내 안으로 쏟아지는 순금의 나방이
하나하나 살아나는 얼굴을 집중하여

아가피모, 나의 주제여.
예측의 강을 건너는 방 안이여.

시방
햇무리의 일광들은
선사의 땅에 죽어 간 그 여자의 내실에서
달아오르는 아픔을 누설하고
아는가,
나의 가슴 위 무명 너비에 째인 슬픔을.

아아, 창밖에 빗기는 모음의 우중에서
한 그루 번개의 뿌리마다

아가피모,
나의 얼굴은 균열하고 또 범람할 것이다.

3
머리엔
꽃숭어리 크기의 하늘이 열려
가꾼 나의 뜨거운 눈물이 순수이기엔
원정이여
얼마나 가혹한 굽이 이룬 연대를
건너야 하는가.

왼손 식지가 아퍼 들면서
저 빛과 향이 새어 나오는
영원, 그 벽의 창인 별을 가리키어
뿌리는 지혜의 풀잎이기를
육감하는가, 나의 새는.

| 시작 노트 |

'나'라는 존재는 무엇인가. 또 그 의미나 값은 얼마일까. 이십대에 막 접어들면서 내가 만났던 물음들이다. 그 물음들을 앞에 하고 나는 고향인 화성의 황량한 들과 산을 헤맸었다. 그기록들이 이들 등단 작품으로 남았다.

비유를 나무로 한 나의 노래는

1

한 마리 거미를 근원으로 하여 창유리에 하나의 흔적으로 웅크렸던 꿈 조각이 입체의 얼굴로 깨어나는 아침 나의 전신은 햇볕들이 세우는 순금의 불길로 타오른다. 때로 그것이 이승에 듣는(滴) 내 목숨의 높이라면 나를 묶는 가로세로 교직마다에 낡은 풍금을 펴 들어 자라 온 뜻을 더듬어 노래하라.

2

창유리를 닫으면 누런 벌레들로 굴러떨어지는 햇볕들. 사진틀 속에 끼어 꿈틀거리는 나를 비워 내는데 더듬이로 나이를 헤집어 가며 야망의 강물 바닥에 꽂힌 수초의, 흔들리는 수초의 잎 끝에 기포의 형태로 올라오는 많은 얼굴들 자꾸자꾸 잃었던 얼굴들을 건져 올리는데, 아니 정수리에서 예감의 그물을 풀어 내리는 바람들은 패각 위 나선형의 층계에 홈턱마다에 갇힌 바다를 일으키는데 아하
나는 보겠다. 바다들이 색색깔의 얼굴을 깨트릴 때 튀어 오르는 물고기의 몸뚱이마다 선(立) 중량들을. 저것이 었을까 이승에 떨구는 발소리마다에 머무는 내 무거운 뜻이 내 무거운 뜻이.

145

3

    철망 같은 빗금의 가지들을 뻗으면 거기 바람을 낀 많은 해들은 움칫거리고, 그러나 이미 제 몫의 조용한 몸짓으로 돌아가 지혜의 눈을 뜨는 내 언저리의 물상들, 나의 전신은 햇볕들이 세우는 황금의 불꽃에 주소를 둔다.

이미지 연습

나는 보겠네, 논둑길의
하늘을 붙잡고 높이를 올려 간 나무에서
나뭇가지에서
가지 중 어느 끝에 더러 하나 내 아잇적 하늘
걸리는 수 있고
어디서 귓전으로 어깨 언저리로 모음의 소나기
쏟아져 오고
빗방울에 서 있던 무게들이 내 나이를 벗기어 가면
나는 보겠네, 바람을 근거로 하여
손끝마다 풀려나는 저 어지러움의 물살들.
때로 이는 물굽이의 환한 속에 징험의 얼굴을 들어올
리고
퍼덕이는 물고기의 비늘마다에서
아침을 저미어 내는, 보라
저 수만 개 일광 속 손가락들이 어른대는 그림자들.
내 살의 구조가 파는 우물 속에
잔뼈를 튕기며 노래하는 꿈 조각을
소시의 꿈 조각을 가지고
강물 속에 갇히는 아침에서 불빛 속에서
하나씩 자라 온 뜻을 건지며

나는 무얼 하는가 그리하여 무얼 하는가.

나는 보겠네, 아주 어릴 때의 고향 길에 가
멀리 보리밭 위로 청청한 몸을 일으켜 오는 하늘에서
바람들이 해에게서 순금의 실 꾸러미를 풀어 오며
뻐꾸기의 울음을 이슬처럼 매달고 오는 때
나는 보겠네,
고흐의 그림책을 가지고
치밀한 수목의 몸뚱어리가 분해당하여 빛내는
아픔을.
물속에서 물결마다 키를 더하는 노을처럼
분해당한 아픔마다 전체를 던지며
보라 저것, 나의 많은 것들이 하나의 목숨으로 획득되
는 예외를.

시랍(詩臘) 50년,
말(言)의 절(寺)에 들앉아 우연을 점찍다

기혁(시인·문학평론가)

1

시력(詩歷) 50년을 헤아리는 시인의 선집을 읽는다는 것
은 각별한 의미를 갖는다. 반백 년이라는 세월도 세월이거
니와, 전체 작품을 시기별로 아우르는 전집과 달리, 추려 모
으는 과정을 통해 시인의 신념이 한층 명확하게 드러나기
때문이다. 「책머리에」에서 밝히고 있는 바와 같이 시인은
'시랍(詩臘)'이라는 말을 들어 시력의 단위를 대신하고자 한
다. 출가한 다음 해부터 승려의 나이를 세는 법랍(法臘)에서
빌려 온 이 시랍은 그 자체로 하나의 방향성을 엿볼 수 있는
데, 첫 번째가 한국 현대시와 불교에 대한 시인의 관심이고,
두 번째는 그러한 불교적 인식을 바탕으로 한 시와 시인의
독특한 상호 의존성이다. 시력이 '시=시인(삶)'의 등식을 부
각하는 말이라면, 시랍은 시와 시인(삶)의 상호 의존성 속에
서도 각각의 차이를 인정하고 독립적으로 존재해 온 세월

을 의미한다. 범접할 수 없는 절대자로서 인식되는 서구의 유일신과 달리, 부처는 스스로의 깨달음에 의해 궁극적으로 도달해야 할 경지로서, 신과 인간을 어느 한편에 종속시키거나, 수직·수평의 단선적인 구조를 통해서는 잘 설명되지 않는다. 원효의 일화에서 보듯이 부처는 삼라만상을 관장하는 존재이지만, 동시에 해골에 고인 썩은 물에서조차 부처의 모습을 볼 수 있는 '그 모든' 존재이기도 한 것이다.

이러한 견지에서 시랍 50년이 의미하는 바는, 고대 그리스 이래 시의 제작자이자 창조자로서 신과 같은 절대성을 부여받았던 시인의 세월에 한정되지 않는다. 오히려 시인의 삶(일상)은 시(詩)가 되고자 하고, 시(詩)는 다시금 시인의 삶이 되고자 하는 순환 구조(윤회) 속에서 '나'의 중심을 잡고 그 위치를 확인하려는 욕망과 성찰의 변주 과정이라고 할 수 있다. 잘 알려진 바와 같이, 시의 '새로움'이란 시(詩)와 비시(非詩) 사이의 변증법적 지양을 거쳐 확보되는 것이지만 한걸음 물러나 본다면, 일상의 삶에서 시적 긴장을 좇는 시작(詩作)뿐 아니라 그러한 시적 긴장이 다시금 일상의 삶으로 내려와 새로운 시작(詩作)의 실마리가 될 때, 비로소 시간의 마모를 초월한 '새로움'으로 명명될 수 있다. 따라서 「책머리에」의 말미에 첨언한 "내 시의 이제까지의 주제는 언제나 내 자신이었"다는 시인의 고백은 '1인칭' 장르로 귀결되는 시의 보편적 특성을 확인하는 것 이상의 의미를 지닌다. 시랍 50년의 세월 동안 시인 자신이 존재했던 곳은 혁명과 실패가 교차해 온 우리네 현대사의 지평이고, 그곳에서 부처를 구하듯 시를 모색하는 행위는 오롯이 종교적인 것도, 낭만적인 것도, 현실적인 것도 아니기 때문이다.

비록 일체유심조(一切唯心造)의 깨달음을 지향한다 하더라도, 그것은 이미 시와 시인(일상) 사이에서 운동하는 '나'와 그러한 '나'를 지탱하고 있는 근대적 시공간의 문제를 전제로 한다. "사는 일이 사는 일로 투명하게 보이"(「겨울섬」)기 위해 필요한 것은 '나'에 대한 도그마(dogma)적 규정이 아니라 그러한 규정을 짓고 허무는 과정에서 매순간 새로이 체득되는 욕망과 '심미성'이며, 이를 바탕으로 역사적 지평 위에 새워진 말(言)의 절(寺)들은 구체적 건축물로서 지위를 확보하게 된다. 초기의 모더니즘적인 작품부터, 선불교적인 작품들, 현대사의 질곡이 반영된 작품들, 서정성 짙은 사랑과 고통의 시편들까지 여러 궤적을 관통하는 단 하나의 주제는 분명 '나'이다. 좀 더 정확하게 표현하자면, 이 세계와 적극적으로 조응하고자 하는 '나'를 기거하게 하는 '건축'에 대한 것이라고 말할 수 있다. 그로스(Elizabeth Grosz)의 견해를 빌리자면, 그러한 건축은 단지 '나(건축가)'를 투영하는 그릇이 아니라 '바깥'으로부터 안을 '사유'하는 개념이며 안과 바깥, 과거와 미래, 현실과 이상 등의 대립항을 생성·발견하고 다시금 경계를 허물어트리는 역동과 연속의 공간이다.[1]

---

1 "건축을 사유, 힘, 삶의 바깥으로 개방"하고자 하는 그로스는 건축가와 건축물 사이에서 "디자인과 구성의 실용적·재정적·미학적 위기"나 "주변 환

따라서 건축물을 짓고 그 내부에 기거한다는 말은 내부의 '나'를 발견하고 그로부터 '나'의 바깥을 사유한다는 것을 의미한다. 시와 시인(일상), 시적인 것과 비시적인 것, 성(聖)과 속(俗), 역사와 현재 사이에서 말(言)의 절(寺)을 통해 '나'를 발견하고 허무는 시인의 궤적은 후기 구조주의와 해체주의 이후 논의되어 온 건축의 잠재성을 닮아 있다. 시인이 기거하는 건축물은 어떤 필요나 기능, 목적에 의해 세워진 것이 아니다. 오히려 이 세계(자연)를 구획하는 체제(이성)에 균열을 일으키며 존재하고, 새롭게 재편된 세계의 일부가 되어 또 다른 균열을 예감함으로써 그 존재를 (재)확인하는 것이다.

2

그렇다면 "언제나 내 자신이었"던 시의 주제는 어디에서 기원한 것일까? 등단작을 포함한 초기작들이 분명 그 주춧돌일 테지만, 등단작 「희랍인의 피리」 등은 시인 스스로도 "매우 예외적인 창작 과정을 거친 별종(別種)"[2]이라고

경, 풍경, 내부 디자인, 내부와 외부의 예술 작품과 동조하는 건축에의 요구", 혹은 "건축과 그것의 역사의 '안'이고, 건물을 상품으로 생산하는 데 필요한 타협 구조의 일부인 어떤 것"을 모색하기보다는, 들뢰즈와 데리다의 이론을 토대로 건축을 통해 "이질적인 것, 다른 것, 앞서 말한 것과 다르고 그것을 넘어서는 것을 지시"하고자 한다. 엘리자베스 그로스 저, 강소영 외역, 「건축, 그 바깥에서」, 『건축, 그 바깥에서―잠재 공간과 현실 공간에 대한 에세이』, 그린비, 2012, p.109.

2 홍신선, 「그때 우리는 잉크에도 취해 살았다―나의 문청 시절」, 『장광설과

밝히고 있는 만큼 제한적으로 언급되어 왔다. 그간 낭만적 영감을 배제하고 끝없는 퇴고를 통한 '장인'으로서의 작법 스타일, 한학에 경도되었던 유년과 청년 시절, 그리고 '수원', '남수원' 등으로 표상되는 고향 체험(현 화성군) 등을 염두에 둘 때, 감각적 이미지와 현란한 메타포, 관념적 시어의 구사 등 1960년대 영미 모더니즘의 경향성이 짙은 초기작들은 결과적으로 이후의 시 세계와는 거리를 둔 것으로 인식되었다.

그러나 「희랍인의 피리」 등에 나타난 표면상의 특징을 차선에 둔다면 젊은 시절의 열정과 과잉 이상의 의미를 부여할 수 있는데, 실용주의 철학자 듀이(John Dewey)가 주장한 바와 같이 글을 쓰는 행위 역시 하나의 경험이며 그 종국이 '정지'가 아닌 '완성'이 되는 한, 그러한 경험은 하나의 통일체(a whole)이며 자족성(self-sufficiency)을 가진 '하나의 경험'이 되기 때문이다.[3] '하나의 경험'이란 이전의 경험들을 활용하여 환경과 끊임없이 상호작용하면서 마치 눈덩이를 굴리듯 연속되는 연합과 조절의 과정을 거쳐 축적되고 통합되는 최초의 요소를 가리킨다. 따라서 특정한 세계가 구축된 시인의 초기작, 각별히 등단작에서 우리가 살펴보아야 할 것은 문학사적 계보와 더불어, 이후의 작품 세계 내에서 어떤 '연속성'을 생성하는가 하는 점이다.

후박나무 가족』, 천년의시작, 2014, p.14.
3 존 듀이 저, 이재언 역, 『경험으로서의 예술』, 책세상, 2003, pp.32-71 참조.

어느 수평의 너머 아래 놓인
미지의 폭풍을 부르고 홈 가는
내 사유의 손금들

한 단씩 놓아 오는 구름의 층층대에서
노래는 확성하여
기어오르며
바람은 지목한다 나의 좌석을
놓아 보낸 풍선 위에
부정한 웃음들은
원색으로 불붙어 오르는데

가차이 앉은 나무들의 발설은
내 안으로 쏟아지는 순금의 나방이
하나하나 살아나는 얼굴을 집중하여

아가피모, 나의 주제여.
예측의 강을 건너는 방 안이여.

(…중략…)

아아, 창밖에 빗기는 모음의 우중에서
한 그루 번개의 뿌리마다
아가피모,

나의 얼굴은 균열하고 또 범람할 것이다.

— 「희랍인의 피리」부분

　시선집의 마지막 장에 배치된 「희랍인의 피리」는 시적 주체의 모호성과 전반에 흐르는 관념성에도 불구하고 이국적 이미지들을 강렬하게 연쇄시킨다. '나의 사랑'이라는 뜻의 그리스어 "아가피모"(αγάπη μου)를 그대로 노출, 반복하고 있는 것에서 보듯이 시적 주체의 자의식은 이 땅에 발붙인 자의 것으로 생각하기 어렵다. 사전 지식이 없는 독자에게 그러한 기표는 앞선 이미지들의 맥락을 통해서 상상될 뿐 빈 공백으로 남게 된다. "내 사유의 손금들", "바람은 지목한다 나의 좌석을/놓아 보낸 풍선 위에", "내 안으로 쏟아지는 순금의 나방", "창밖에 빗기는 모음의 우중에서/한 그루 번개의 뿌리" 등 이미지의 연쇄로부터 시적 화자가 처한 정서와 그가 바라보는 어떤 시공간을 독자가 위치한 '지금, 여기'와 대비시켜 볼 따름이다.

　그럼에도 시인은 이 작품을 두고 그리스 신화에 내포된 서구적 상징의 기원과 상상력 두께를 염두에 둔 것이 아니라고 밝히고 있다.[4] 비록 그 외양이 서구 모더니즘을 추수

───────────────

4 "대학 시절 탐독한 책 가운데 하나가 「희랍 신화」였습니다. 인간 못지않은 여러 신들의 행태가 그렇게 극적이고 재미있을 수가 없었습니다. 우선 스토리들이 너무 스릴 있고 재미있었던 것이지요. 서구 문학을 이해하기 위한 키 가운데 하나가 희랍 신화라든가 인간과 다름없는 자들을 굳이 신이라고 할 수 있는 것은 그들에게 죽음이 없다는 것 등등 신화의 의미를 여러

한 '난해시'처럼 보일지라도 시인이 구축한 이후의 세계를 염두에 둘 때, 문학사적 계보의 강박을 벗어난 새로운 독법이 요구된다. 그렇다면 포스트모더니즘마저도 낡은 것으로 치부되는 오늘날의 관점에서 어떻게 읽어 낼 수 있을까?

낡고 오래된 액자를 치워 버리고 나면, 이 작품의 낯설음은 이국적이고 이질적인 시어나 이미지의 제시가 아니라 시적 화자가 점유하는 '사유의 장소'에 있음을 발견할 수 있다. 시인의 자의식이 현실에 대한 환멸을 기반으로 하든, 어떤 결핍을 기반으로 하든 그것은 현실과는 다른 시공간, 즉 건축의 내부에 위치한 것이다. 따라서 건축의 외부에 위치하는 독자는 그 내부를 들여다보기 위해 고심하다, 틈새를 바라보며 애를 쓰는 자기 자신과 마주치게 된다. '보는 자'가 곧 '보이는 자'로서 노출되는 이러한 과정은 대개 건축의 내부를 비어 있는 '공백'으로 인식하게 만든다. 가령 의미를 알 수 없는 "아가피모"는 고유명사와 같이 다가와 시편 전체를 읽는 동력으로 작용하지만, 그러한 인식의 순간 독자는 "아가피모"의 기의가 비어 있음을 자각하고 거의 동시에 기의를 읽어 내려던 자신의 모습을 떠올린다. 서구 부조리극에서 주로 나타나는 이러한 공백의 활용은 언어유희를 동반하게 되는데, 독자가 인지한 것은 현실이 아닌 예술이며,

---

각도에서 터득한 것은 훨씬 뒷얘기구요. 「희랍인의 피리」는 그런 분위기나 배경을 밑그림으로 깔고 있습니다." 홍신선·문태준(대담), 「입득세간(入得世間)한 선령한 키다리 시인」, 『열린시학』, 2010.겨울, p.15.

소통 부재의 현실에서 통용될 수 있는 유일한 진실은 오직 죽음뿐이라는 비판('쓴웃음')으로 이어지게 된다.

여기서 눈여겨볼 것은 시인이 그러한 공백을 부조리극과 같이 활용하기보다 건축의 내부로써 상정하고 있다는 점이다. 「희랍인의 피리」는 부조리극 이론을 차용한 것도 아닐 뿐더러, 건축 내부를 공백으로 인식한 독자의 "부정한 웃음들"을 "원색으로 붉붙어 오르"게 하려는 의도도 내비치지 않는다. 시인은 단지 자신의 건축을 둘러싼 "사유의 손금"과 "예측의 강을 건너는 방 안"에 대해 의문을 제기한다. "미지의 폭풍을 부르"는 "사유"는 시인의 내부에서 생성된 것이지만 그것을 말(言)의 절(寺)로 구축하게 되면, "내 안으로 쏟아지는 순금의 나방이/하나하나 살아나는 얼굴을 집중하"는 것처럼 외부("얼굴"의 표정)로 향하게 된다. 외부의 독자에게 "예측의 강"으로 인식되었던 공백, 곧 "나의 주제"였던 "아가피모"는 다시금 내부의 "방 안"으로 향하게 되고, 건축을 매개로 운동 중인 '나'로 귀결된다. 젊은 시인의 패기는 이를 "나의 얼굴은 균열하고 또 범람할 것이다"라는 말로 기록함으로써, 장차 그가 쌓아 올릴 말의 절들이 외부와 내부, 현실과 내면의 경계를 구분 짓고 다시금 무화시키는 위치에 세워질 것을 예고하는 것이다.

3

초기작들이 주로 관념적인 대상을 가시적인 이미지로 구체화하고 그러한 이미지로부터 형성된 메타포에 집중해 왔다면, 이후의 작품들은 내면과 외관을 대비·병치시키거나 매개를 통해 내면을 드러내는 시적 전략을 취하고 있다. 많은 논자들이 지적한 바대로, 1970-80년대의 어두운 사회 분위기 속에서 시인의 관심 역시 관념에서 구체적 현실로, 삶의 환멸에서 삶에 대한 애증과 성찰로 넘어왔고, 그에 따른 작법의 변화가 필요했으리라 생각해 볼 수 있다. 물론 대비와 병치, 매개를 통한 내면의 드러냄은 직접적인 현실의 반영보다는 현실에 대한 시인 나름의 '대응'에 유리하다고 할 수 있다.

한 가지 짚고 넘어가야 할 것은, 이미지와 메타포에 천착했던 초기작들이 일종의 유미주의적 경향으로 분류되면서, 구체적 현실(역사)의 투사물을 구축한 이후의 경향과는 경계를 긋고, 어떤 식으로든 후자는 전자를 극복한 결과로 인식되었다는 점이다. 그러한 경계 긋기는 시인의 작품 세계를 구분 짓는 데에는 유용하겠지만, 양자 간의 연속성을 전제하는 경우에는 무형의 걸림돌로 작용하게 된다. 등단작 중 하나인 「비유를 나무로 한 나의 노래는」에서 시인은 "나는 보겠다. 바다들이 색색깔의 얼굴을 깨트릴 때 튀어 오르는 물고기의 몸뚱이마다 선(立) 중량들을"이라고 출사표를 던진 바 있는데, 이러한 관념의 구체화는 건축 외부의 세계와의 단절을 의미하지 않는다. 오히려 외부의 "얼굴을 깨트릴 때" 드러나는 "물고기의 몸뚱이"(내면)를 다시금 '외부'로 인식하고 구체적인 "중량"을 부여함으로써 현실화시키려는 의지를 반영한다.

건축이 그 자체의 존재 가치, 즉 환경(자연)의 요청이나 기능에 종속되는 것이 아닌 말(言)의 절(節)들이 갖는 본래적 가치를 추구하는 것은 모더니즘적 이상과 가치를 넘어서는 것이다. 근대적 건축이 명백한 기능과 목적, 형태를 가지고 합리적 세계관을 지향했다면 포스트모더니즘 이후의 건축은 '건축' 그 자체의 기능과 의미에 주목한다. 여기서 건축의 본래적 기능에 주목한다는 말은 곧 기존의 체제(이성)를 해체한다기보다 '목적'과 '기능'에 대한 좀 더 치밀한 전략을 구사한다는 것을 뜻한다. 건축이론가 베르나르 츄미는 건축에 잠재되어 있는 이데올로기적이고 재정적인 의존성, 즉 현실적 문제를 자각하고 자율성을 부정한다면 체제의 메커니즘에 편입될 것이고, 예술을 위한 예술이라는 입장에서 스스로를 신격화한다면 기존의 이데올로기적인 구분에 속하는 분류로부터 벗어나기 어렵다고 건축이 처한 딜레마를 지적한 바 있다.⁵ 이러한 딜레마로부터 포스트모더니즘 이후의 건축 이론가들은 사회가 그것에 대해 기대하는 형식을 부정함으로써 그 본성을 지킬 때에만 비로소 살아남으리라고 전망했던 것이다.

여기서 우리는 일찍이 평론가 김현이 지적했던 바를 떠올려 볼 수 있다. 문학은 소비사회의 집단주의적 경향에 경제적으로 유용하지 않다는 그 내재적 특성으로 저항하지

---

5 베르나르 츄미, 「건축의 역설」, 마이클 헤이스 편, 봉일범 역, 『1968년 이후의 건축이론』, 스페이스타임, 2010, pp.307-308.

만, 중요한 것은 그때에 그 저항까지를 획일화시키지 않는 노력[6]이라는 그의 지적은 말(言)의 절(寺)로서의 건축이 단순히 비유적 차원에 머무는 것이 아님을 보여 준다. 말(言)의 절(寺)이 갖는 본래적 가치 역시 문학과 사회성 사이의 딜레마로부터 기원하며, 이를 어떻게 극복하고 경직되지 않는 '무용한 유용성'으로서의 본성을 회복하느냐가 관건이기 때문이다. 등단 초기부터 시인의 지향점은 시의 제작자이자 창조자로서 절대성을 추구했던 서구 상징주의자나 낭만주의자들과도 그 결이 달랐으며, 이른바 '성숙한 자아와 융합의 시선'이 현실의 구체성을 확보한 이후에도 내면과 외관을 대비·병치시키거나 매개를 통해 내면을 드러내는 등 체제에 대한 저항 자체가 획일화되는 것을 경계해 왔다.

결국 현실의 구체성은 앞선 시기에 대한 부정이나 극복의 결과이기보다, 사회적 격변 속에서도 말(言)의 절(寺)이 가진 잠재성을 믿고 나아간 신념의 소산이라고 할 수 있다. 이것은 말의 절이 내면이나 현실을 담는 그릇으로써 전용된 것이 아니라 김현과 츄미가 공통적으로 언급한 바대로, '사회가 그것에 대해 기대하는 형식'을 부정함으로써, 오히려 건축물 자체의 기능을 더욱 견고하게 만드는 과정에서 도래한 것이다. 특히 본 시선집에서는 "민주화 이후 세속 현실의 추악함과 불확실성에 대한 숱한 좌절"(「책머리에」)을

---

6 김현, 「문학은 무엇에 대하여 고통하는가」, 『한국문학의 위상/문학사회학』, 문학과지성사, 1991, p.57.

경험한 시편들을 배치한 4부에서 두드러진다. 시인은 비록 "내 나름의 허무주의로 떨어지고" 말았다고 회상하고 있으나, 그 운용 방식은 세계에 대한 회의와 비관이라기보다 세파에 휩쓸리지 않을 굳건함에 대한 모색이라고 할 수 있다.

운명은 결코 뛰쳐나갈 수 없다는 것
장대높이뛰기로도 시대의 담벽은 넘을 수 없다는 것을
알기까지는
얼마나 오랜 시간이 걸렸는가
그렇게 생각 안채로 들여보내고 하루를 네 귀 맞춰 개어 깔고
무심히 흑백 TV의 풀온을 당기면 떠오르는 화면,
꼿발 딛고 아득히 넘겨다보는
흐린 화면 너머의 더 흐린 화면 그곳엔 무엇이 있었는가
황사 바람이여 지난 시절 그 4.19 5.16 5.18 속에
누가 장대높이뛰기를 하였는가
나는 어디에 고개 묻고 있었는가

비닐 씌운 두둑에 고추모 옮겨 심고 멍석딸기꽃 밑에 마른 짚 깔기
젖먹이 기저귀 갈아 주듯 깔아 주며
언젠가 풋딸기들이 뾰족한 궁둥이로 편히 주저앉을 것을 생각하는
나날의 이 도(道)와 궁행(躬行)은 얼마나 사소한가 거대

한가

　풀 먹여 새옷 입듯이

　마음 벗고 껴입는.

—「황사 바람 속에서」 부분

　　암울한 "시대의 담벽" 앞에서 역사는 늘 진보하는 것이
아니며, 모든 '우연'을 진보를 위한 필연으로 뒤바꾸지도 못
한다. "운명은 결코 뛰쳐나갈 수 없다"는 시인의 고백 역시
혁명의 실패 이후 도래한 체념의 신음이 분명해 보인다. 발
설되지 못한 채 "생각 안채로 들여보내"진 그러한 신음은
최초의 "생각 안채"가 현실과 대비되는 위안의 공간이었음
을 암시한다. 하지만 "무심히 흑백 TV의 풀온"을 당기는 순
간, 시인이 마주하게 되는 것은 "꽃발 딛고 아득히 넘겨다
보"아야 했던 내부의 공간이고, 그 내부를 차지한 것 역시
외부의 역사적 사건들로 표상되는 "흐린 화면 너머의 더 흐
린 화면"들이다. 즉 건축의 내부에 '위안의 공간'을 설정하
는 순간, 안과 밖은 경계를 긋게 되지만 동시에 그 경계면을
따라 접촉하여 연속성을 확보하는 것이다.

　　"지난 시절 그 4.19 5.16 5.18 속에/누가 장대높이뛰기
를 하였는가"라는 물음은 시적 주체가 말(言)의 절(絶)을 통
해 현실을 체념하고자 하더라도, 그것이 건축의 내부인 한
현실(바깥)과 무관할 수 없다는 것을 상기한다. (도피처로
써) 위안의 장소는 내면에 위치하지만 현실로부터 무한하
게 열린 공간이라는 점에서 이중성을 지닌다, 위안의 완성

은 "풋딸기들이 뾰족한 궁둥이로 편히 주저앉을 것을 생각하는/나날"과 같이 사소해 보일지라도, 현실과 완전히 분리되지 않는다는 바로 그 점 때문에 혁명적 유토피아[7]를 꿈꾸는 것과 같이 "거대한" 욕망일 수 있다. 이러한 자각으로부터 "풀 먹여 새옷 입듯" 내부의 체념과 좌절을 현실에 대한 "마음"으로써 "벗고 껴입는" 것이 가능해진다.

비여
말없이 번쩍이는 회초리들을 들고
저 앞들을 만들며 서 있다.
가래질 논과 보리밭들
이름 없는 나의 잔등을 비비고 가는 비
오늘은 맞지 않아도 아픈 잔등으로
뒹구는
이 수원 지방을 데리고 나는 누워 있다.

(…중략…)

버린 진실도 허툰 말도

---

7 시어에 포함된 "5.16"은 장면 내각의 부패와 무능을 뒤엎을 신진 세력에 대한 기대감을 나타내는 한에서 "4.19", "5.18"과 동등하게 취급될 수 있다. "4.19 5.16 5.18" 모두 당시 시민들이 기대했던 혁명적 유토피아와는 다른 결과를 초래한 사건들이다.

가볍게 썩지 않고

두엄 논에 흐르는 빗물에 떠다니고 있다.

허튼 말과 흐르는 도랑물의

무심한 만남이

오늘 이 큰 수원 지방을 이루고 있다.

— 「수원 지방」 부분

모랫둑에서

뜨거운 손으로 불볕들은 더듬는다

마음·부릅뜨고 거듭 죽인 소리까지 더듬는다

더듬는 손끝에도 묻어나지 않는

저 죽인 소리 거듭 죽인 슬픔만이

우리들 거예요 더듬으세요

서로 서로의 등에 숨어

코 부비는 풀들, 소리 죽이고

— 「불볕」 부분

　그러나 말(言)의 절(寺)을 짓는 것이 능사는 아니다. 건축의 내부에 기거하는 것은 기존의 인식 체계를 허물고 매순간 새로운 문제와 마주해야 하는 고통을 동반한다. 「수원 지방」에 드러난 바와 같이 말의 절 내부에서 사유되는 바깥은 무심하게 내리는 "비"조차도 "말없이 번쩍이는 회초리들을 들고/저 앞들을 만들며 서 있"는 것으로 인식하게 만든다. "오늘은 맞지 않아도 아픈 잔등으로/뒹구는/이 수원 지방"

의 고통 역시 눈을 감으면 잊히는 관념적 대상이 아니라 내부에서 "데리고 나는 누워 있다"고 말할 만큼 육박해 오는 대상이다. 따라서 말의 절 내부에 들어서면 "버린 진실도 허튼 말도/가볍게 썩지 않고/두엄 논에 흐르는 빗물에 떠다니고 있다"고 할 만큼 조심스러워진다.

시인은 그러한 조심스러움을 "모랫둑에서/뜨거운 손으로 불볕들[을] 더듬는" 것으로 표현하고 있다. 위태로운 "모랫둑" 위에서 너무도 명징한 이미지들을 눈먼 자처럼 "더듬"어 나가는 것이 매순간 시인이 대면해야 하는 건축 내부의 풍경인 것이다. "더듬는 손끝에도 묻어나지 않는/저 죽인 소리 거듭 죽인 슬픔"을 바깥의 이미지로서 대면해야 하는 시인은 그것을 다시금 구체화시키기 위해 "서로 서로의 등에 숨어/코 부비는 풀들" 같은 은유[8]에 천착해 왔는지도 모른다. 이것은 곧 시인이 건축한 말의 절들이 '나'에 대한 탐구의 장소이자, "사람이 사람에게 위안"(「사람이 사람에게」)으로써 기능하기 위한 장소라는 것을 짐작하게 한다. 시인은 "제 앞길만 내다보"고 "죽은 장기짝만 과거만 쥐고"(「내기 장기」) 있으려는 위압적이고 인위적인 건축(예술)물을 배격한다. 내용을 담는 그릇으로써만 기능하는 건축물은 어

---

8 시인은 「불볕」의 시작 노트에서 "알레고리가 문제적 현실을 담아내는 데 썩 편리하다는 걸 깨달았다"고 적고 있다. 그러나 "잡풀"을 '민초'에 대응시켜 알레고리로 읽어 내기 이전에, 우리는 "불볕"이라는 은유와 먼저 만나게 된다.

떤 주체가 머무르더라도 같은 결론만을 강요할 수밖에 없다. "듬성듬성 노둣돌로 엎드려" 그것을 디딘 주체가 대문을 열고 들어가 스스로의 힘으로 깨달음에 도달할 때, 말의 절은 그 자체로 "가장 큰 시위이고 서원(誓願)"(「그날이 오면」)으로 존재하게 된다.

4

모든 건축은 인위적인 것일 테지만, 인간의 필요에 의해 자연의 본래적 가치를 규정하는 건축과, 인간이 자연의 가치에 적응하기 위한 건축으로 나누어 볼 수 있다. 전자의 예로 4대강 사업 등을 들 수 있으며, 후자의 예로는 징검다리, 나루터, 장터를 향해 뚫린 지름길 등을 떠올릴 수 있다. 본 시선집에서도 아파트를 비롯한 신도시, 재개발 구역 등은 낯설음의 정서를 환기하는 반면 시골 장터, 낡은 사찰, 비루한 변두리의 모습 등은 그리움의 정서를 대변하고 있다. 이러한 경향에 주목해 중기 이후의 특징으로 산업화 이후의 인간소외와 실존의 문제, 생태학적인 문제 등이 종종 언급되어 왔다.

그러나 산업화 이전과 이후, 생태학적으로 보존된 자연과 그렇지 않은 자연으로 이분된 프레임을 잠시 내려놓으면, 시인이 애착을 가져 온 장소는 고정되고, 한정된 공간이라기보다 엄밀히 말해 그 경계의 주변부를 횡단하는 과정에서 (재)발견된 장소라고 할 수 있다. 그러한 장소는 낯섦과 친숙함의 기분에 따라 구별될 순 있어도, 자연의 본래적 가치를 어떻게 규정하는가에 따라 분류되는 것은 아니다. 잘 알려진 바대로 시인은 황동규, 김정웅, 김현 등을 초기 멤버로 하는 "사당동패 말석에 끼어 전국을 떠돈 게 햇수로는 30년이 넘는다"(『정선 장날』의 시작 노트). 이러한 떠돎은 대개 산업화 이후 상실된 고향에 대한 향수로 설명되지만, 그 이면에서 진술되는 것은 언제나 고향에 자리 잡고 있다고 가정하는 '신화'다.

처음부터 건축은 '창조된' 모델을 갖지 않고, 그 스스로 모델을 창조해 왔다. 그것이 자연의 어떤 원형을 따를 수는 있어도, 생산되는 건 언제나 스스로가 원형인 건축이기 때문이다. 건축은 자연과 구별되는 것이 아니라 소우주와 같이 존재함으로써, 이 세계를 판독 가능하게 만들어 준다.[9] '고향의 풍경'은 바로 그 건축에 의해 판독된 이미지이고, 이상적이고 순수한 고향은 전혀 다른 질료를 통해서만 재현되고 복제되어 하나의 원형(건축)으로서 우리에게 읽혀진다. 부재를 고향으로 하는 실향민의 경우를 제외한다면, 고향은 언제나 '본질 없는 장소', 즉 '가짜 장소'가 된다.[10] 따라서 시인의 오랜 여정은 그러한 '신화'를 성화(聖化)한다기보다 실체를 자각하기 위한 과정이었다고 설명할 수 있다.

9 드니 홀리에, 「건축적 은유」, 마이클 헤이스 편, 같은 책, p.265.
10 서동욱, 「건축이란 무엇인가」, 『문학과 사회』, 2008.여름, p.454.

1

도부꾼들 장짐 지고 와 벌인 시장 바닥 좌판에는 곤드레
나물 서너 죽, 백봉령과 황기 뿌리들, 방전된 폐건전지만 한
헛개나무 껍질의 드문드문 식은 얼굴들, 먹거리 골목 번철
에서 부침질로 타는 식용유 냄새가 한가롭고 맵다.

2

중고짜리 착암기로 폭약 심지 묻고 폭파하고 또 폭파하고
묻기 몇 십 번인가. 터진 소금강 암벽 틈새에 제 발등 하나
온전히 못 묻고 구불텅구불텅 노근(露根)들 반공중에 덜렁
댄다. 그 언젠가 남포질 소리도 끊어졌다. 비루먹은 중개만
한 멸문 직전의 조선솔 그도 나만큼 시간 틈에 붙어 늙었다.

— 「정선 장날」 부분

시선집의 1부에 묶인 시편들을 통해 우리는 시인이 보고
자 했던 바를 확인할 수 있다. 「정선 장날」은 정선의 자연
풍광을 시골 장터의 풍경으로 은유한 작품이다. "곤드레나
물 서너 죽, 백봉령과 황기 뿌리들, 방전된 폐건전지만 한
헛개나무 껍질" 등은 산야에 뿌리를 내리고 있는 생물이지
만, 묘하게도 난전에 나와 판매를 기다리는 상품으로 묘사
됨으로써 난전의 활력, 생의 활력을 선보인다. 이로 인해
"먹거리 골목 번철에서 부침질로 타는 식용유 냄새가 한가
롭"게 매운 인공적인 풍경마저도 이질감 없이 자연물과 겹
쳐짐으로써, 산업화 이후 굳어진 '고향=자연'의 등식을 떠

올리게 한다. 하지만 관점을 달리해 보면, 자연물과 인공물 사이의 '자연스러움'은 곧 '고향'의 기표가 비어 있음을 드러내는 것이다. 시작 노트에서 밝히고 있는 바와 같이 "정선"은 전윤호 시인의 고향이며, '사당동패'의 여행지는 그의 안내를 받아 간 낯선 장소이다. 정선의 자연 풍광을 시인의 기억 속 난전으로 은유했다면, 그곳은 시인이 본 고향도, 전윤호 시인의 고향도, 실제 정선에 존재하는 난장의 풍경도 될 수 없다. 더욱이 시인은 "중고짜리 착암기로" "폭파하고 또 폭파"해 "터진 소금강 암벽 틈새"에 남아 있는 "멸문 직전의 조선솔"에 감정을 이입하고 있는데, 이것은 곧 이방인인 시적 화자와 마찬가지로 "조선솔" 역시 자신의 고향으로 인식되어 온 "소금강" 절벽에서 '타자'로서 존재해 왔다는 것을 폭로하는 것이다.

(…전략…) 일산(日産) 찚차로 오른 천문봉에는 농무와 비바람뿐이었다. 눈귀와 코, 전신 뭉그러진 이 징그러운 문둥이 떼들, 그들 첩첩 방언 속 어디선가 천지(天池)의 생짜 얼굴 만나 봐야 할 것인데 그러나 나는 일회용 비옷 속에 최소로 몸만 줄여 감췄다. 이 무슨 난데없는 권법(勸法)인가, 나는 정상에서 문둥이 떼들, 세찬 폭우들만을 계속 더듬더듬 껴안았다.

(…중략…)

비 지나간 북파산문에 내려와 만난 나의 본적은 얼마나
왜소한가 광활한가.

— 「백두산」 부분

부재하는 장소에 대한 자각은 '민족의 영산(靈山)' "백두
산"으로 향하는 여행에서 한층 두드러진다. "일산(日産) 찦
차로 오른 천문봉에는 농무와 비바람뿐이었다"라는 고백에
서 알 수 있듯이 순수한 고향으로서의 이상적인 이미지는
온데간데없고, 중국을 거쳐 대면하는 낯선 장소에선 "눈귀
와 코, 전신 뭉그러진 이 징그러운 문둥이 떼들, 그들 첩첩
방언"만이 난무한다. 시적 화자의 고향도, 중국인 여행객과
가이드들의 고향도 아닌 텅 빈 장소에서, "천지(天池)의 생
짜 얼굴 만나 봐야 할 것인데" 강박하는 것은 오직 모국에
서 형성된 고향의 '신화'뿐이다. 이러한 자각으로부터 시인
은 "일회용 비옷 속에 최소로 몸만 줄여 감"춘다. "난데없
는 권법(勸法)" 같은 은신술이야말로 부재하는 장소에 가해
지는 신화의 억압을 최소화하는 방법인 셈이다. 마지막 연
에서 시인은 "나의 본적은 얼마나 왜소한가 광활한가" 자
문해 본다. 이를 통해 시인은 신화로서 존재하는 장소와 현
실의 장소 사이의 괴리를 인식하는 한편, 그러한 괴리 자체
가 우리의 삶임을 자각하는 것이다. 산업화 이후의 인간소
외와 실존의 문제, 생태학적인 문제 등을 두루 건드리면서
도, 비관이나 비판과는 다른 태도를 견지할 수 있었던 이유
가 여기에 있다.

차가운 빗속을 뛰어가던 중늙은 얼굴이

멈칫 나를 알겠다는 듯 고개 까닥 싱긋 웃고 지나간다.

(…중략…)

그런데 누구더라

저만큼 뛰어가는 그의 생소한 뒤통수에

곤추선 반백의 머리올 몇 유독 성근 빗낱에 더 춥게 젖

는다.

물탕 튀기며 질주하는 자동차들,

네거리 횡단보도에 멈춰 선 낯선 신도시 사람들

그 길 건너 아파트 등 뒤에 걸린

남서쪽 먼 하늘이 이내 번하게 개어 오지만

빗물에 뜬 이 고장 낯설음은

갈수록 불어나 하수구로 콸콸 쏟아지고 빠진다.

실낱만큼도 아니게, 아니 실낱만은 하게

정작 고향은 나를 아는

이름도 기억에 없는

그 중늙은 후배의 입가에나 남았다.

　　　　　　　　　　　　　　　―「첫겨울 비」부분

　상전벽해의 고향을 찾은 시인은 이름 모를 후배와의 짧은 조우를 안타까워하면서도, 그러한 낯섦을 극복의 대상으로 규정하지 않는다. 고향에 대한 낯섦과 안타까움을 체제에 대한 문제로 확장하던 1970-80년대의 가족 서사나 도시 이주민 서사와는 달리 시인에게 고향은 삶의 순환 속

에서 파악된다. "남서쪽 먼 하늘이 이내 번하게 개어 오지만/빗물에 뜬 이 고장 낯설음은/갈수록 불어나 하수구로 콸콸 쏟아지고 빠진다"는 표현에서 알 수 있듯이 "개어 오"는 "남서쪽 먼 하늘"은 혁명적 유토피아도, 이상적인 고향도 아니다. 단지 그것은 밝아 올 미래(시간)이자, 그 이후에는 다시 어두워질 미래로서 어느 한 시점에서만 그 상태를 언급할 수 있다. 따라서 "이 고장[의] 낯설음은" "갈수록 불어나" 온 도시를 적시는 것이 아니라, "쏟아지고 빠"지기를 반복하며 순환하고, 특정한 상태에서 인식될 때 "실낱만큼도 아니게, 아니 실낱만은 하게" 혼재된 비관과 낙관의 감정 중 하나를 발설하게 된다.

낯섦과 안타까움의 감정 이면에서 시인이 겨냥하는 것은 '고향'이 어떻게 언어를 통해 존재하는가 하는 점이다. "정작 고향은 나를 아는/이름도 기억에 없는/그 중늙은 후배의 입가에나 남"는 장소이지만, 뒤집어 생각해 보면 말(言)의 절(寺)을 세우는 시인에게 '고향'은 신화를 걷어 내고 이성의 강박, 체제의 강박으로부터 벗어나야 할 장소이자, 서구 해체주의자들처럼 완전히 텅 빈 장소로 규정해서도 안되는 장소이다. 그것은 곧 말의 절들이 '이상적 고향'을 대체할 수는 없을지라도, 건축 내부에서의 사유를 통해 '이름 없는 자', '고향 없는 자'인 우리 모두에게 '관계'를 부여해 주는 기능을 수행한다는 것을 의미한다. 이른 아침, 거미줄 위 수많은 이슬로 앉아 있으면서도 현실 속 우리는 이슬에 비친 외부의 '타자'를 인식할 수 없다. 말의 절은 그러한 현실에 외부로 향하는 창을 내고 때로는 유리처럼, 때로는 거울처럼 나와, 나를 지탱하고 있는 타자를 동시에 비춰준다. "이름도 기억에 없는" 타자의 "입가"에서, 가닿을 수 없는 '고향'은 비로소 실체를 지니고 공유되는 것이다. 그러한 관계 맺음을 통해서 말의 절에 들어선 모든 이들은 보살핌을 받는다.

5

건축이 '무용한 유용성'을 이상으로 추구한다 하더라도 그것을 성립시키기 위해서는 의뢰인, 자본, 목적, 기능 등 수많은 외부 요소들을 고려해야 한다. 가라타니 고진은 건축가들이 "알 수 없는 타자와 마주하고 있"으므로, "건축은 의사소통의 한 형태이고, 이 의사소통은 공통의 규칙들 없이도 가능하도록 그 조건이 마련되어 있다"고 지적한 바 있다.[11] 이 같은 주장은 의뢰인(타자), 혹은 이용자들의 개별적인 취향과 요구가 건축에 반영되는 방식이 '불확정성'과 '우연성'을 기반으로 한다는 점을 상기시킨다.

건축을 통한 의사소통은 타자와의 관계 속에서 일어날 뿐 애초에 "공통의 규칙들"을 공유하지 않는다. 건축은 타자와의 완전한 소통의 결과물이 아니라 건축가와 의뢰인 모두 예상하지 못했던 새로운 어떤 것, 혹은 실제 거주함으로

---

11 가라타니 고진 저, 김재희 역, 「은유로서의 건축」, 『은유로서의 건축—언어, 수, 화폐』, 한나래, 2013, p.201.

써만 발견할 수 있는 무언가를 잠재한 소통의 결과로서만 시간 위에 세워진다. 고진은 비트겐슈타인의 말을 빌려, "새로운 표현이나 새로운 수학적 증명들은 그것만으로도 스스로 새로운 개념들을 만들어 낸다"[12]고 부연하고 있는데, 시간을 초월한 훌륭한 건축은 일반적인 기초를 가지고 체계를 증명해 얻어진 결과가 아니기 때문이다. '우연성'과 '불확정성'이 도래한 순간 "새로운 개념"으로써 건축이 기능한다면 그것은 곧 이 세계가 처음부터 '여러 개의 체계들'로 존재해 왔다는 것을 반증한다.

　말(言)의 절(寺)을 세움에 있어서도 '우연성'과 '불확정성'의 원리는 동일하게 적용될 수 있다. 초기작부터 시인의 작품 세계를 설명할 수 있는 중요한 키워드 중 하나인 (시적) 메타포는, 건축에서와 마찬가지로 일반적인 기초를 가지고 체계를 증명해 얻어진 결과가 아니다. 그것은 도구적 언어 체계에 "새로운 개념"을 세움으로써 그 스스로 다른 체계의 기원이 되고, 다시금 일상적 언어 체계 속으로 그 원형적 모델(기원)을 편입시키는 순환의 원리를 따른다.

> 뒷방 벽에 똥이나 척척 이겨 바르듯
> 제 몸 엉덩이나 바짓가랭이에
> 얼어 터진 꽃 몇 방울
> 민망하게 묻히고 선

---

12 가라타니 고진, 「은유로서의 건축」, 같은 책, p.205.

치의(緇衣)마저 나달나달해진 오 척 단구의

매화 등걸

그동안 몸으로 꽃 열더니

이제는 똥칠인 듯 항문으로 여는가

모처럼 아파트 담벽에 해바라기하고 선

그에게서

이념의 마비에서 풀린 송장을 발견한다

가진 것 없을수록 사람이 얼마나 고강해지는가를 발견

한다

— 「매화」 부분

　시작 노트에서 밝히고 있는 것처럼, 이 작품은 임금의 변기를 이르는 '매화틀'로부터 착안한 것이다. 하지만 이것을 개념사적으로 접근하게 되면 모든 잠재성이 사라져 버린다. '매화틀'이라는 일상어가 도래하기 위해선 "매화"와 "똥"을 연결시키는 다른 체계의 새로운 '은유'가 선행되어야 하고, 새로운 은유 이후 일상 어휘로 편입된 '매화틀'이 다시금 "모처럼 아파트 담벽에 해바라기하고 선/그"로 은유되기 위해선 또다시 다른 체계("새로운 개념")의 언어가 요구된다. 이러한 일련 과정을 생략해 버리면 말의 절에 잠재된 모든 가능성들은 "이념의 마비에서 풀린 송장"과도 같이 예상치 못한 그 모든 잠재성들과 함께 경직된 지식으로 전락한다.

시인은 그러한 경직된 지식으로부터 새로운 은유를 모색하고자 하므로, 비록 대상이 "이념의 마비에서 풀린 송장"과도 같이 인식되더라도 기존의 체계 내에서 "가진 것 없을수록 사람이 얼마나 고강해지는가를 발견한다".

결국 하나의 은유가 건축되기까지의 과정과 그것이 건축된 이후의 상황은 별개일 수 있고, 양자의 관계는 한마디로 규정되지 않는다. 건축을 통한 이러한 소통 방식은 얼핏 부조리극의 경우와 유사해 보인다. 하지만 오직 가능성으로만 존재하는 소통의 순간을 기다리다, 죽음의 시간을 진리로 여기는 부조리극의 상황과는 정반대에 서 있다. 시인에게 '우연성'과 '불확정성'의 세계에서 '소통'이란 언제나 예견할 수 있는 한계 너머에서부터 기원한다. 그로 인해 명백하게 '단절'이 예견된 범위에서조차 예상 밖의 '소통'을 발생시키게 되는 것이다. 일찍이 등단작을 통해 "어느 수평의 너머 아래 놓인/미지의 폭풍"(『희랍인의 피리』)이라고 직시했던 바와 같이, 소통의 기원은 늘 "너머 아래 놓"여 있다. 궁극적으로 '우연'이 의미하는 것은 어느 시간, 어느 장소에 잠재되어 다른 체계와의 '소통' 가능성을 연다는 것이며, 이는 곧 나와 타자에 대한 무한한 긍정을 내포한다.

사창굴이 따로 있는가 아파트 단지 뒷길 화단에
때늦은 쪽방만 한 매화들 몸 활짝 열었다
무슨 내통이라도 하는지 앵벌이 한 마리 절뚝절뚝 한쪽
발 끌며

꽃에서 꽃으로 방에서 방으로 점, 점, 점 찍듯 들렸다 날
아간다

날아가다 또 들른다

무저갱 같은 꽃들의 보지 속에서

반출 금지된 자손이라도 비사입(秘私入)하는가

눈먼 거북이가 바다에 떠도는 널빤지 구멍 속으로

모가지 한 번 내미는 것이

목숨 점지되는 인연이라는데

쪽방촌 성폭행범처럼 점점점 씨를 묻으며 드나드는 저
앵벌이 선택은

인연인가 우연인가

매화들 뭇 가지에서 가건물처럼 철거된 빈자리

곧 거북이 모가지만 한 열매들 불쑥불쑥 내솟고

그즈음 앵벌이는 또 사창굴 여느 꽃의 곪아 터진 몸 찾
아다니며

가장자리 나달나달 핀 종이쪽지 구걸 사연이라도 돌리
는가

이 꽃의 음호 속에 저 꽃의 치골 위에

점, 점, 점 우연을 점찍는가

—「우연을 점찍다」 전문

불교의 연기설(緣起說)이나 윤회설(輪廻說)을 떠올리지 않
더라도, 말의 절을 만들고 그것을 통해 소통을 꿈꾸는 시인
에게 이 세계는 연결을 기다리는 "점"들로 이루어져 있다.

이 세계의 윤곽은 '무한한 수'의 '무수히 작은 점'들로 이어진 연속적인 선분을 통해서 감지된다. 하지만 정작 각각의 점에 대응하는 좌표, 수치들은 '실수(real numbers)'라고 불리는 '가상의 것(imaginary)'인 것이다.[13] 그렇다면 이 세계의 윤곽을 만들어 주는 나와 타자 사이의 소통, 무한한 긍정이란 결국 연기와 윤회로부터 비롯된 것이 아니라, 태초부터 가상이었기 때문에 연기와 윤회가 가능했던 것은 아닐까?

이 세계의 윤곽을 본다는 것은 '점'과 '점'으로 연결된 '선'을 통해서 역설적으로 주체의 위치를 파악하는 것이다. 말의 절은 일체유심조(一切唯心造)의 깨달음을 지향하는 공간이지만, 그러한 건축 역시 세계의 일부로서 윤곽을 가지고 있다. 원효에게 깨달음의 공간이 절이 아닌 무덤 속 어둠이었던 까닭은 허상으로서의 점을 긍정도 부정도 할 수 없었기 때문인지 모른다.

시인은 오랜 시간 말의 절에 들앉아 "점"을 생각했을 것이다. "쪽방촌 성폭행범처럼 점점점 씨를 묻으며 드나드는 저 앵벌이 선택은/인연인가 우연인가" 자문하다가, "절뚝절뚝 한쪽 발"을 끄는 노쇠한 "앵벌이 한 마리"에 자신의 모습을 겹쳐 보기도 했을 것이다. 그러다 문득 봄날 처녀 같은 "꽃의 음호 속에 저 꽃의 치골 위에" "우연"이라는 이름으로 "점찍"히는 "꽃"들의 미래를 떠올렸을 것이다. "꽃"의 내부와 "사창굴"의 "쪽방"이 같다면 그것은 마음먹기에 달

---

13 가라타니 고진, 「자연수」, 같은 책, p.116.

린 일이다. 하지만 그것을 보는 마음의 윤곽은 어떻게 생겼는가? "허허 참/마음이 있으면/너 어디 보여 주려무나"(「이름이 불당골이라는」), 시인은 반문한다. 아마도 그곳은 말의 절이 세워지기 전, 시인이 태어나기도 전에, 어딘가 날아든 젊은 "앵벌이"가 보았던 한국문학의 거대한 산맥 속 광경이었을 것이다. 처음 시인이 되었던 순간 그는 말한다. "보라 저것, 나의 많은 것들이 하나의 목숨으로 획득되는 예외를"(「이미지 연습」). 그것은 산맥 너머 "사람이 사람"에게 날아가는 광경이며, 골짜기의 빗물로부터 "강물이 묵묵히 넓어지"(「사람이 사람에게」)는 우리네 삶의 광경이기도 하다. 이 시선집은 바로 그 세계의 윤곽에 대한, 윤곽을 보는 마음에 관한 가장 이상적인 형식의 '예외'를 머릿돌로 기록해 놓은 것이다.